Fly me to the Moon

雪代鞠絵

幻冬舎ルチル文庫

CONTENTS

✦目次✦ Fly me to the Moon

✦カバーデザイン＝齋藤陽子（CoCo.Design）
✦ブックデザイン＝まるか工房

イラスト・テクノサマタ✦

Fly me to the Moon

幸福は、ポケットにしまえるものだと悠《はるか》はずっと思っていた。

たとえばキャンディや、一口サイズのチョコレート、クッキー。

ポケットに忍ばせて、悲しいことがあった後、一人になったら口に放り込む。

ずいぶんちっぽけな子供だましな幸せかもしれないが、甘いお菓子は悠にとってとびきりの幸福だった。

ところが最近、悠の一番の幸せは、ポケットに収められなくなっている。その幸せは、形がなく、目には見えない。

週に一度、金曜日の夜。大好きな人に会えるという幸せだ。

幸せなはずなのに、それが空から降り注ぐ月明かりみたいに曖昧《あいまい》に思えるのは、彼と出会ったのが満月の夜だったからかもしれない。

＊　＊　＊

格式高い料亭の座敷に用意されたおせち料理は、たいそう豪勢なものだった。

一の重には数の子や伊達巻きなどの祝《いわいざかな》肴と口取《くちど》り、二の重には伊勢《いせ》えびを中心とした焼き物、三の重の煮物は細工切りが美しい。山海の美味美食が、漆《うるし》塗りのお重にたっぷりとつめられている。

小川《おがわ》悠は、ただでさえ大きいと言われる目を見開いて、豪華なおせちに見入っていた。

「すごいです。こんな豪華なおせち、初めて見ました」

正座したままなんとなく怖気《おじけ》づいてしまうが、悠の真向かいに座る浅羽《あさば》は気楽な様子ですすめてくれる。

「そんなに畏《かしこ》まらないでいいよ。まずはお雑煮からいこうか。どうぞ、お先に」

午前中に仕事関連の会合があったらしく、今はスーツの上着だけを脱いでいる。爽《さわ》やかな色合いのネクタイは少し緩《ゆる》められ、ごく寛《くつろ》いだ表情だ。

「ええと、じゃあ……お先に、いただきます」

丁寧に手を合わせてから、悠はお雑煮の椀《わん》を取る。

湯気がふんわりと上がった。関東風のすまし仕立てだ。だしは熱々で、飾られた柚子《ゆず》が喉《のど》の奥で上品に香る。

「……すっごくおいしいです」

頬《ほお》を紅潮させ、感想を漏らす。浅羽は長い指で猪口《ちょこ》を口元に運びながら、ゆったりと笑い返してくれた。

浅羽涼生《りょうせい》。今年二十九歳になる弁護士だ。

たいそうな美形で、切れ長の目が涼やかで凛々《りり》しい。立ち上がれば、長身はすらりと均整がとれている。完璧すぎて、悠のような子供が近付ける人とは思えないのに、彼はいつも気さくで優しい。

「もう一月も五日だけどせっかくだから正月用の料理を用意してもらったんだ。気に入ったかな」

「はい、全部おいしそうで、綺麗《きれい》で、食べるのがもったいないです」

現在、一人暮らしで家族のない悠は年始年末の賑《にぎ》やかさとはあまり縁がない。

中学校を卒業して、すぐに独立し、コンビニエンスストアでアルバイトを始めた。

三が日の間も、いつも通りにバイトに行き、いつも通り一人で簡単な食事をとっただけだ。

そしていつも通り、金曜日に浅羽に会えるのを、とても、とても楽しみにしていた。

悠はこの若い弁護士と、毎週金曜日、一緒に夕食をとる約束をしている。昨年の夏場からだからもう半年になるだろうか。

浅羽は若いのにずいぶんな美食家で、美味《うま》い料理を出す方々の店に詳しい。

この店も馴染《なじ》みなのか、玄関から内庭を囲む座敷へと案内される間も、ごく物慣れた様子でいた。

けれど、悠は不安だった。清潔感だけは気にかけているが、ジーンズもセーターも、着古して色あせてしまっている。

こんなに立派な店にはいかにも不似合いで、連れて来てくれた浅羽に恥をかかせているのではないか。そう思っておどおどしていると、浅羽は悠の肩を軽く叩《たた》いて笑いかけてくれた。

「そう固くならないでいいよ。せっかく新年だから、美味いものをたくさん食べてお祝いしよう」

すんなりと先回りされている。浅羽の言葉は、いつも優しい。

浅羽に優しくされるだけで、おいしいものをたくさん食べたみたいに満たされる。

「わあ、これすごく可愛《かわい》いですね」

ぎんなんを三つ、松の葉で貫《つらぬ》いてこしらえてあるお団子《だんご》を悠は指で摘《つま》んだ。

おせちに入ったぎんなんは、昔の俵《たわら》にちなんでいるのだと浅羽が教えてくれる。

感心した悠は、瞬《まばた》きをしながら、小さな木の実をしげしげと眺めた。

「俺、小さいときにぎんなんを土に植えたらきっと銀杏《いちょう》の木が育つんだろうなって思って、住んでた家の庭に植えて、いつ芽が出て来るのか毎日観察してました」

「君が小さいときっていうのはいくつぐらいのときをいうの」

浅羽が興味深そうに尋《たず》ねたので、悠も首を傾《かし》げて考えた。

確か、まだ両親が生きていた頃だ。

「小学生くらいだったと思います」

「じゃあ、今とそんなに変わらないんじゃないか？」

「すごく変わります。だって俺、次の三月でもう十六になります」

もう自立した大人なのだと胸を張って答えたが、浅羽はしょうがなさそうに笑うばかりだ。

歳《とし》が十三歳も離れているし、そうでなくても悠は目ばかりが大きい童顔だ。

髪や瞳の色素が淡く、体つきも貧相なので、コンビニでの仕事中には客に女の子と間違われてしまうこともあるほどだ。

現在の境遇も合わせて、どんなに大人ぶってみせても、浅羽には頼りなく思えて仕方がないのかもしれない。

「最近、仕事は？　まだ忙しいかい？」

「まだ、少しだけ。でもクリスマスやお正月に比べたら、ずっと落ち着いたと思います」

それから、仕事中に気付いたささやかな発見を思い出し、悠は顔を綻《ほころ》ばせた。

「そういえば、今日、寒かったでしょう？　あんまんがたくさん売れました」

「あんまん？」

「お店で働いてる間はあんまり外に出られないけど、何が売れるかで、寒いとか、雨が降ってるとか、ちゃんと分かるんです」

浅羽の前で、ちょっと世知に長《た》けた気持ちになって、悠はにこにこと笑う。

甘くて温かいあんまんは、寒い日の人気商品だ。悠も甘いお菓子が大好きなので、買って行くお客の気持ちがよく分かる。

「そろそろ一度、君が働いているところを見てみたいんだけどな」

浅羽の何気ない言葉を聞いて、悠は瞬時に顔を強張《こわば》らせた。

「……え？」

「君が働いてるところが見たい。おすすめのお菓子なんかをたくさん教えてもらおうかな」

「駄目、来たらダメです」

悠は大慌《おおあわ》てでかぶりを振った。

知り合って半年になるのに、浅羽には、いまだ働いているコンビニの場所は大まかにしか教えていない。浅羽に突然店に来られては、少し困る事情があるからだ。

「だって、あの、まだミスすることもたくさんあるし……店長とか先輩に叱《しか》られてるところ、浅羽さんに見られたくないです」

箸《はし》を手にしたまま、とにかく必死に言い募《つの》った。

「もう少ししたら、コンビニの住所、ちゃんと教えますから。それまで待ってて下さい」

「そうか。じゃあもう少し待とうかな」

悠の拙《つたな》い言い訳に納得してくれたのか、浅羽は殻をむき終えた車えびの姿焼きを、ひょいと悠の口元に差し向ける。

悠は食べかけのしいたけを箸に挟《はさ》んだまま、大急ぎで首を伸ばし、ぱっくりとえびに食いついた。まるで食いしん坊の仔猫が餌付《えづ》けされるかのようだ。

浅羽が手ずから食べさせてくれるものなら、悠は枯れ枝でも平気で口にすると思う。

「春になったら、今度はこの店に弁当を作ってもらおうか」

「……おべんひょう?」

目を上げると、浅羽の男っぽい美貌《びぼう》が間近にあって、なんとなくどきりとした。

「夜桜を見に連れて行ってあげるよ」

「夜桜……お花見ですか?」

悠は目を見開き、大きく声を弾ませた。

浅羽と歩く桜吹雪《ふぶき》。それも、一緒にお弁当を持って。

想像するだけで、もう春が来たみたいに気持ちが高揚する。

浅羽は徳利《とっくり》を手に取った。

「春になるまでに、君はもうちょっと背が伸びてるといいな」

「………俺、そんなに小さいですか?」

「小さいよ。俺と食事をするとき以外は、相変わらずプリンやらチョコレートばっかり食べてるんじゃないか? 君はただでさえ細いから、弁当箱の代わりに風呂敷で包めそうなくらい、小さく見える」

ずいぶんな喩《たと》えだ。でも、お菓子ばかり食べているのは本当なので、悠はおどおどしたまま反論ができない。

「だから、あまり無理はしないように。仕事を頑張《がんば》るのはいいけど、体を壊さないようにしなさい。困ったことがあったら、遠慮しないで俺に相談するように」

目が合うと、重ねて花見の約束をするように、浅羽は笑い返してくれた。

毎日の仕事は大変で、今の境遇がつらくないといえば嘘だ。

浅羽があれこれ悠にかまってくれるのは、彼が悠の身の上に同情しているからだと、ちゃんと分かっている。その優しさに、むやみに甘えるつもりも一切ない。だけど、浅羽にかまってもらえるなら、貧乏でよかった。

悠は本気でそう思っていた。


「ありがとうございました、どうぞまたおこし下さい」

丁寧に客を見送ってから、悠は顔を上げた。

客がいったん途切れたのを見計らって、レジ横のおでんの鍋の具合を見る。

菜箸でせっせと具をひっくり返し、味をしっかりしみ込ませていく。おでんは冬の人気商品だ。せっかく買ってもらうなら、おいしく食べてもらえた方がいい。

それから、雑誌コーナーの返品処理と、フロアとトイレの清掃。やることは山ほどある。

大きな駅の前の、マンションの一階にあるこのコンビニで、悠は週六日、十時から十九時を原則に働いている。

アルバイトとはいえ、悠にとってコンビニでの仕事は片手間ではない。食費や家賃を稼ぐ真剣勝負だ。

早生まれで十五歳の悠は、年齢からすれば親元から高校に通っているのが普通かもしれない。

しかし悠は今、古いアパートに一人きりで生活し、学校には行かずに毎日仕事に追われている。

ほんの三年前まで、悠はどこにでもいる普通の子供だった。

優しい両親との三人家族。小さな庭がついた一戸建てで暮らしていた。悠は当時から体が小さく内気だったけれど、一人っ子でのんびりと育てられた。

とても幸せだったのだ。三年前の年の暮れ、不幸な事故が起こるまでは。

その日、悠は父が運転する車に乗っていた。家族三人で、クリスマスの食事に出かけていた。

しかし大通りに差しかかったとき、若者が乗るバイクが真正面から突っ込んで来た。

車はガードレールにぶつかって大破した。隣にいた母が咄嗟《とっさ》に身を乗り出して庇《かば》ってくれたおかげで、悠は重傷を負ったものの、命に別状はなかった。けれど両親は助からなかった。

体中に包帯やギプスを巻きつけられ、呆然《ぼうぜん》としている間に、父母の葬儀が終わり、悠の身柄は遠方に住む叔父夫婦に引き取られることが決まっていた。

小さな町工場を経営していた叔父夫婦には悠より年下の従弟《いとこ》が四人いて、一家の生活は決して楽なものではなかったと思う。

居候《いそうろう》である悠への扱いは、当然ながら温かいものではなかった。

他人の家で暮らす寂しさや申し訳なさから心を守る方法も分からず、ただ体を小さく小さく縮めていた頃――あの、坂井《さかい》という弁護士が、叔父の家にやって来たのだ。

終始にこやかでいたあの男は、悠という居候を抱えた叔父一家に、新たな災厄を運んできた。その件がきっかけで、叔父の家で悠はいっそう肩身の狭い思いをすることになり、中学校を卒業した後、進学はせずに独立することを決めていた。

独立することは精一杯悩んで決めたことだし、一人暮らしが始まってからも無我夢中でいたが、寄る辺のない身の上で社会に出て戸惑うことは多く、仕事は厳しかった。生まれて初めてもらった給料で、悠は店で売っていた板チョコを思い切って二枚、買った。

自分の粗末なアパートに帰るなり、部屋の灯《あか》りさえつけずに大急ぎで銀紙を破り、貪《むさぼ》るようにして食べたお菓子は、本当においしかった。甘いお菓子はもともと悠の大好物だったが、居候の身分だった叔父の家では、なかなか口にできなかったものだ。

チョコレートを食べきって、悠はしばらくぼんやりしていた。

何も見えない真っ暗な部屋。

灯りなんかつけなくても、どうせこの部屋にはろくな荷物もなく、悠以外に誰もいない。

本当の一人だった。それでも涙は出なかった。

薄汚れた窓の向こうから切れそうに細い三日月が、悠の手元を照らしていた。食べきった板チョコの銀紙が、きらきらと月光を反射して、とても綺麗だった。

まだ、頑張れる。

これから一生懸命働けば、甘いお菓子を好きに食べられるような、ささやかな幸せを得ることができる。

だから大丈夫だ。

まだ――まだ頑張れる。

まだ、泣かなくていい。

「あーあ、また不足金だよ」

カウンターのすぐ傍《かたわ》らには、スタッフが控えるバックルームがある。そこでコンピューターに向かい、大声でぼやいているのがこの店の店長だ。

「まったくなんでだろうなあ、何が原因なんだろうなあ。普通にレジ打ってたらここまで不足金が出るなんてことないんだけどなあ。やっぱり店内に何か理由があるのかなあ」

売上・仕入データが収められているコンピューターの帳簿上の残高と、レジ内の現金との金額が合わないらしい。

いつから残金が合わないのかと、傍《そば》にいたスタッフが面倒そうに尋ねる。

四十代半ばの店長は大雑把な性格で、この店は経営管理がかなりいい加減だ。

レジに不足金が出ることも頻繁《ひんぱん》で、スタッフももう慣れっこになってしまっている。

「よく調べてみないと分からないけど、今日の午後イチから、五時くらいの間までかなあ」

悠はどきりとした。

それは、今日の悠の勤務時間とぴたり重なる。確か先月や、その前の月も、数千円単位の大きな不足金が出たと店長が大声でぼやいていた。その時も、悠の勤務時間から残金が合わないと言っていたように思う。

レジを触るときには悠も充分注意しているつもりだが、もしかしたら忙しさのあまり、大きなミスでもしたのだろうか。

不安になったが、その時、交代のスタッフがカウンターに入って来た。

十九時。悠の退勤時間だ。狭いカウンターに長居すると邪魔になってしまう。

「すいません、退勤時間なので失礼します」

バックルームに入り、悠はユニフォームである水色のユニフォームを脱いで、私服に戻る。

そして、いそいそと裏口の近くに放り出されたカートに近付いた。カートの上には大型のバスケットが積み上げられ、ロスになった生菓子や弁当が無造作に放り込まれてある。

ロス――つまり賞味期限が過ぎた食品だ。

本来なら廃棄物として処分されるべきものだが、持ち帰りはこの店内では黙認されている。

他のスタッフも、気に入ったものがあれば適当に持ち帰っているようだ。

結局はゴミを持ち帰るみっともない行為である上、ルール違反だとも分かっているが、今の悠には、正直なところ、このロス商品がかなり有り難かった。アルバイト料だけで生活費をやりくりするのは本当に苦しいものがある。

山ほど余った食品を丁寧に検分する。

幕の内弁当、ポテトサラダ、それに大好きな「ふわふわプリン」が売れ残っていたのでぱっと嬉《うれ》しくなる。悠はにこにこしながらそれを袋につめていく。

「お先に失礼します」

お気に入りの食べ物をいっぱいに入れたビニール袋を片手に、悠はぺこりと頭を下げる。

相変わらずコンピューターを眺めている店長からも、他のスタッフからも特に返事はなかった。

裏口を開けると外はたいそうな寒さだ。

大慌てで、赤いマフラーをぐるぐると首に巻きつける。アパートまでは徒歩で小一時間かかる。

長い帰路の途中で、悠はダッフルコートのポケットに入れていたキャンディを一つ、口に放り込んだ。

疲れた体に程よい甘さで、頬が綻ぶ。

愁はキャンディやチョコレートなどの手軽なお菓子が大好きだ。上着のポケットはいつもお菓子で膨《ふく》らんでいる。

口元をころころいわせながら夜空を見上げれば、今日は満月だ。

上空は風が強いのか、流れる雲が速やかにたなびいていく。

まるで綺麗な絵本に閉じこめられたかのような夜。

浅羽と知り合いになったのも、こんな満月の夜だった。


もう半年も前の、真夏のことだ。

その日もロスをつめたビニール袋を右手に提《さ》げ、バイト帰りの悠は月に照らされた歩道を上機嫌で歩いていた。

大好きな「ふわふわプリン」をその日も持ち帰っていた。アパートに帰ったら、一番に食べようと楽しみにしていた。

「月っておいしそう」

空を見上げて、悠は呟《つぶや》いた。

満月は蜂蜜《はちみつ》色で、とろんとやわらかいプリンを真上から見ているみたい。

カラメルソースをたっぷりかけて、スプーンですくって食べたら、きっと甘くておいしい。

すっかり月に見惚《みと》れていた悠は、いつの間にかふらふらと車道にはみ出して、二車線道路の中央を歩いていた。

アスファルトが仄《ほの》かに金色がかった道は長く真《ま》っ直《す》ぐで、このまま月までだって歩いて行けそうだ。

月まで行きたいな。

月まで歩いて、いっそ——この地上から離れてしまいたい。

そうしたら、一人きりで住んでいるアパートに帰ることもない。毎日、忙しく、つらい仕事をすることもない。

そんなことを考えていた悠は、背後から自動車が近付いていることにまったく気付かなかった。

エンジンの音が聞こえて振り返り、ライトがぱっと足元を照らし出す。猛スピードで近付くＢＭＷの車体を認めたが、足が竦《すく》んで動けない。

「あっ！」

その車が上手《うま》く右に避《よ》けてくれたため、ぶつかりはしなかったが、スピードに煽《あお》られて悠は道路に転んでしまった。

手に持っていたビニール袋は、反対車線に放り出されてしまう。

車は十数メートル走って路肩に急停車した。勢い余って、斜めになった車体から出て来たのは、スーツ姿の長身の男だ。

大股でずかずかとこちらに近付くと、その場に片膝《ひざ》をつき、勢いよく悠の肩を掴《つか》む。

悠の薄い肩は、男の大きな手のひらにすっぽりと収まった。

「ぶつかったか？　怪我《けが》は？」

耳に心地いいはっきりと明瞭な声。

真剣そのものの口調に、悠がおどおどと顔を上げると、どうしてか、男がはっと息を飲むのが分かった。

目の前にいる男は、真夏の月の光のような凛々しい美形だった。四つん這《ば》いのまま彼を見上げる悠を、どうしてか呆然と見下ろしている。

「あの……？」

不思議に思って悠が首を傾げると、男は我に返ったらしい。

「……怪我は？　どこか痛むところはあるか？」

首を振って答える。男はほっとしたように溜息《ためいき》をつく。それから今度は一転、いきなり大声で叱り飛ばし始めた。

「夜に車道を歩くなんて、なんて危ない遊びをしてるんだ！　はねられて大怪我でもしたらどうするつもりだ！」

肩を摑まれ、真っ直ぐに目を見て叱られる。悠はびっくりして声も出せずにいた。叱られたことそのものよりも、まるで子供か弟にでもするような近しい扱いに心底驚いたのだ。

「つ、月が」

うろたえるあまり、悠は世にも間抜けな言葉を口走ってしまう。

「……おいしそうだったから」

それを聞いて、男は背後の月と悠を見比べた。

訝《いぶか》しく眉を顰《ひそ》められたり、呆《あき》れられたりするかと思ったが、男は意外にも納得したような顔をする。少し、笑ったようにも思えた。

「なるほど。確かにあれは蜂蜜色で甘そうだ」

それから手を引いて悠を立ち上がらせた。

「怒鳴《どな》って悪かった。こっちも前方不注意だ。怪我がなくて本当によかった」

「いいえ、あの」

こちらこそすいませんでした。

そう謝ろうとした途端、ぐうーっと腹が音をたてた。

大怪我をしかけた緊張感とは裏腹に、腹の虫が騒ぎ始めたのだ。悠は真っ赤になって腹を手のひらで押さえる。

そういえば昼食に小さなカップ麵《めん》を食べて以来、何も口にしていない。そして気付いた。

「あ……」

さっきまで手にしていたビニール袋がない。

慌てて周囲を見回すと、放り出されたままのビニール袋を見付けた。

しかしそこを軽トラックが通り過ぎ、ビニール袋はタイヤに押し潰《つぶ》され、ぐしゃっと嫌な音がした。

「ふわふわプリン!!」

大声で叫んで駆け寄ろうとしたが、その途端、視界が突然、ふわっと上昇した。

「わ、あ、あ?」

「危ないなあ。さっきも言ったろ、道路に飛び出すなよ。夜道を運転してる方には意外と人影って見えないんだ」

男の肩に担《かつ》ぎ上げられたのだ。

街路樹の傍に下ろされて、男は指先を悠の鼻先に突きつけた。

「動くなよ。そこにいなさい」

男は道路に入り、長い足で反対車線に向かうと、タイヤで轢《ひ》かれて無残な様子になったビニール袋を拾い上げた。

「残念だけど、中は全滅だな」

駆け戻った男はビニール袋を片手に肩を竦める。タイヤで押し潰され、カップが破裂したらしく、破れたビニールの中からカスタード色の塊《かたまり》がぼとりと滴《したた》り落ちた。

「これは？　君のおやつだったのかな」

「いいえ、あの……」

潰れたお菓子を未練がましくちらちらと見つめ、悠は言い淀《よど》んでしまう。

大好きなお菓子だけれど、見知らぬ人の前で、プリン一つで大騒ぎするのも情けない。

ところが、男は思いもかけない言葉を口にした。

「プリンのお詫《わ》びに、何かご馳走《ちそう》しようか。好き嫌いは？」

「え？」

「腹ぺこならすぐに食べられるものの方がいいよな。この辺にちょうどいい店がある」

尋ね返す間もなく、彼は悠の手を取り、引き摺《ず》って歩く。

あっという間にＢＭＷの助手席に押し込まれ、ぽかんとしている間に、男はアクセルを踏《ふ》んだ。

「あの、……待って下さい、どこに行くんですか!?」

車のロックをがちゃんといじり、運転席の男の意図を問い質《ただ》したが、彼は平然とした横顔を見せている。

「危ないから、走行中はロックから手を離しなさい。それと、シートベルトして」

「は、はい」

命令形の科白《せりふ》がやけに似合う。彼に言われるがままに、悠は扉から両手を離して、そしてはっと我に返る。

「あの、そうじゃなくて、車を停めて下さい」

男は苦笑した。

「そんなに警戒しなくても大丈夫だよ。単にプリンのお詫びがしたいだけだから」

「そんなのいいです。本当に何もいらないですから、降ろして下さい」

「お腹《なか》の空《す》いた子供を放り出すほど悪人じゃないよ。とはいえ、自己紹介もしてないまんまじゃあ、信用しようもないか」

彼は右手でステアリングを握ったまま、左手で胸元のポケットから名刺を取り出す。大人の手馴《てな》れた仕草にしどろもどろになりながら、悠はそれを受け取った。

『浅羽法律事務所　弁護士　浅羽涼生』

角がきっちりと尖《とが》った名刺を一目見て、悠は顔を強張らせた。

——弁護士。

坂井のことを思い出す。嫌な記憶に、胸の底がひやりと冷えた。

「弁護士の浅羽です。トラブルに巻き込まれた際にはどうぞご相談を」

初対面の男に車に押し込まれてどこぞに連れて行かれようとしているトラブルに、悠を突き落としている張本人は、そう言って鮮やかに笑った。

やがて到着したのはあやしげな薄暗い店でもなく、煌《きら》びやかな一流レストランでもなく、街の外れにある小さなとんこつラーメンの店だった。

強引にカウンター席に着かされ、どんぶりが威勢よく目の前に置かれる。

悠はどんぶりと、隣に座った浅羽の横顔を見比べる。

浅羽に気を許したわけではなかったが、目の前で熱々の湯気をたてるラーメンの誘惑を振りきるのはたいそう難しかった。

浅羽を警戒しながらも、一口啜《すす》ったラーメンは、熱くて濃厚で、腹に染み入るように美味い。悠は夢中になって麺を啜った。

すっかり頬を紅潮させ、ふと目を上げる。浅羽がじっと自分を見ていることに気付いた。観察と言っていいほど深い眼差《まなざ》しに、悠は慌てて箸を置く。

精一杯、怖い顔を作ってきゅっと彼を睨《にら》んだ。

「あの、俺の顔に、何かついてますか」

「――ああ、ごめん。気持ちいいくらい美味そうに食べてるから、つい見惚れた」

最初は警戒心をむき出しにしていたのに、美味いラーメンにあっという間に籠絡《ろうらく》された自分に悠は赤くなった。

「プリンは口実で、実は俺も腹が減ってただけなんだ。一人で飯《めし》を食うのはつまらないからね」

暢気《のんき》な口調で言ってのける。

強引でめちゃくちゃな振る舞いの割にきれいな箸使いで、浅羽もラーメンを食べ始めた。

「プリンはここを出た後で改めて買いに行こうか」

悠は水を払う犬のように、ぷるぷるとかぶりを振る。

「いいえ、もういいです」

「でも、あのプリン、食べるの楽しみにしてたんだろ？　車で轢かれたときに大慌てしてた」

「本当にいいんです。俺、コンビニのアルバイトをしてて、賞味期限が切れて処分される品物をもらって帰っただけなんです」

もうこれ以上かまって欲しくないと必死になるあまり、悠はつい、余計な言葉を漏らした。

ロスの持ち帰りは、どのコンビニチェーンでも、通常は厳格に禁止されているのだ。

しかし浅羽はそれについてはなにも言わず悠の隣でラーメンを食べている。そんな瑣末事《さまつごと》にはまるで頓着した様子も見せない。

「じゃあプリンの代わりに、これをどうぞ」

よく味が染みた煮卵を、自分のどんぶりからひょいと悠のどんぶりに載せてくれる。

もちろん、満月を見上げて、プリンを連想する悠は、ゆで卵も大好きだ。

それに、悠はびっくりした。

こんな風に、箸で食べ物をやり取りするなんて、まるで家族みたいだ。

おいしいラーメンをお腹いっぱい食べて、そのままアパートから一番近い交差点まで送り届けてもらった。

浅羽は最後まで軽やかな様子で、下ろしたウィンドウから片手を上げて、「じゃあまた」と去って行った。

悠はBMWのテールランプをぽかんと眺めていた。

変な人。悠の名前も知らないくせに、じゃあまた、なんて、まるで本当にいつかまた会うみたいだ。

だけど、もう関係ない。

潰れたプリンのことを気にかけてくれて、ラーメンまで食べに連れて行ってくれた。とても綺麗な顔をしているのに、気さくで人懐こくて、決して悪い人ではないようだけれど。

できれば、悠は弁護士なんて、もう二度と関わりたくない。

悠は以前、叔父のもとへやって来た、坂井という弁護士のことを思い出していた。

坂井は壮年の男性で、確か最初は、補佐だという若い弁護士を数人ひき連れて現れた。悠の両親が亡くなった事故の件だと、にこやかに叔父と話していた。

彼は、事故を起こした、加害者の代理人だった。

悠は物陰からこっそりと、話し合いの様子を窺《うかが》っていた。

坂井は二度目からは一人でやって来た。被害者であるはずの悠の保護者が、加害者に対して多額の金銭の支払義務があると坂井は話した。

ずっと町工場を経営してきた叔父は、交通事故などに関する法律には決して明るくなく、結局、何度目かの話し合いの後、坂井が口にした金額を手渡していた。

叔父はとてもつらそうだったのに、坂井は終始にこやかだった。仕事とはいえ、何故あんな表情ができるのか理解できない。以来、悠は「弁護士」という職業の人間に強い不信感を覚えるようになった。

だから、浅羽とも、もう話したくない。

それなのに、ラーメン屋へ攫《さら》われた一週間後のことだ。

悠はその夜もバイトを終えていつもの帰り道を一人歩いていた。

不意に背後からクラクションを鳴らされた。振り返ると、見覚えのあるＢＭＷが停まっている。

助手席のウィンドウが下がり、ひょいと顔を覗《のぞ》かせたのは浅羽だった。

「………あ」

「今日もバイト帰りかな」

悠は顔を強張らせ、つい数歩、退《しりぞ》いてしまう。

前に会ったとき、浅羽はじゃあまた、と言って去って行ったけれど、まさか本当にまた会うとは思ってなかった。

悠が警戒して毛を逆立てていることに気付いていていないはずがないのに、浅羽は相変わらず陽気な様子で空を見上げる。

「今日はもうお腹いっぱい？」

「え？」

「あれ、齧《かじ》ったのは君かな」

満月から数日経《た》って、見上げた月は、横側が少し欠けていた。まるで誰かが齧ったみたいに。

「あんなところまで、手が届きません」

大真面目《おおまじめ》に答えてから気付いた。月を齧ったのか、なんてもちろん浅羽の冗談に決まっている。

「そうだな、梯子《はしご》を使っても、ちょっと無理だろうね」

「…………」

冗談も上手に交わせないほど余裕がないことを明かしてしまったら、もう、相手に優位に立たれたも同然だ。

「よかったら、また飯に付き合わないか？　今日は焼肉にしようと思うんだけど、どうかな。好き嫌いは？」

「ありません」

じりじりと後退しながら、つい律儀に返事をしてしまう。

相手がおかしな人なものだから、悠のペースも一緒におかしくなってしまう。

「男一人、焼肉を突《つつ》くのも想像するだに寒々しくて気の毒だろ？　よかったら君も付き合ってよ」

それを聞いて悠は少し悩んだ。気の毒、と聞くと本当に相手が気の毒であるような気持ちになってしまうのだ。

「でも、やっぱり、一緒には行きません」

浅羽は、やれやれと肩を竦めた。ひ弱な容姿の割に、意外に強情を張る、とでも思ったのかもしれない。

仕方がなさそうに車を降りて来る。

「前も思ったけど、なんだって俺のことをそんなに警戒してるのかな。プリンをだめにしたのをまだ怒ってる？」

ズボンのポケットに両手を入れ、長身を車体にもたせかけた格好で尋ねられた。

何故こちらが呆れられているのだろう。

ちょっと理不尽な気持ちになる。月夜にたまたま出会い、名前も知らないまま車に連れ込まれて、連れ去られたのだ。食べたラーメンはとってもおいしかったけれど……警戒しないでいる方が無理だ。

だから、悠はむきになって、胸に押し込めていた一言をつい口にしていた。

「弁護士さんなんか、信用できないからですっ」

「……それは聞き捨てならないな」

まずいことを言ったらしいと後悔したのは、浅羽が目をかすかに眇《すが》めたからだ。

「ニコニコチェーンの店員は、店の廃棄商品を自宅に持って帰ってる」

浅羽の言葉に、一瞬心臓が大きく跳ねた。

ラーメン屋では、ロスのことなどまったくこだわっていないような顔をしていたのに、きっちり話を聞いていたのだ。

「まずいんじゃないか？　信用できない弁護士に、そんなルール違反を知られたまんまじゃ」

知られたままだったら、いったいどうなるのだろう？

ロスの持ち帰りが、コンビニ店舗の経営にどの程度影響を及ぼすのか、悠にはよく分からない。でも、外部に知られてはまずいルール違反であることは確かだ。

うろたえ、困惑する悠はあっという間に助手席に連れ込まれてしまう。これでは前回と同様、浅羽のなすがままだ。

「ひどいですっ」

「どうして。俺は飯を食いに誘ってるだけだよ」

ただの冗談、脅迫なんか一切していない、鮮やかにそう言いのけて、車を走らせた。強引な上に、こんな風な悪ふざけも大好きなようだ。

そのまま向かった浅羽おすすめの焼肉屋はたまたま休店日で、結局その日は別の店でふぐを食べた。焼肉は次の金曜日に行く約束をしてしまった。

あからさまに脅されたわけではないが、ロスの持ち帰りを知られているのだと思うと、誘いは断りきれなかった。

毎週金曜日の不思議な逢瀬《おうせ》が始まったのは、それからだ。

同じ道路でまた上手く会えるとは限らないから、二人が出会った場所から都合がいい近くの繁華街の宝石店前に二十時に待ち合わせる。悠は基本的に土曜日を休みにしているから、金曜日の晩なら外食ができる。

悠は、最初のうちは緊張のあまり、ほとんど口もきけなかった。浅羽が何が楽しくて悠を誘うのか少しも分からなかったし、ロスのことを盾《たて》にするなんて、弁護士なんてやっぱり信用ならないと思っていた気がする。

小さくなっている悠に、だけど浅羽はいつでも鷹揚《おうよう》で、優しかった。

一緒においしいものを食べ、日常の些細《ささい》なことを話す。目が合うと必ず笑い返してくれる。

普段の悠には縁のない、温かい時間を共有するうちに、悠は少しずつ、浅羽に心を許し始めた。

どうして高校に行かずにコンビニでバイトをしているのか、両親がいないのか。どうして、弁護士を嫌っているのか。

悠は、ぽつりぽつりと自分のことを話した。悠の貧相ななりに、浅羽はだいたいの事情は察していたのかもしれない。静かな表情で、一人でよく頑張った、と、ただ頭を撫《な》でてくれた。

不運な身の上に同情されているのだとしても、悠には、その温《ぬく》もりが嬉しかった。

浅羽ととる食事はいつも本当においしくて、いつもご馳走になるのは申し訳なくて、代金を払わせて欲しいと頼んだこともある。しかし浅羽は軽やかに微笑を見せた。

『定年のない弁護士の世界じゃ俺なんてまだまだひよっ子なんだ。たまには年下相手に格好つけさせてくれよ』

冗談一つで、悠の負担にならないように気遣ってくれる。

非力なりに、どうにか一人暮らしを送る年下の少年に、週に一度くらい美味いものを食べさせてやろう。浅羽はそう考えているのだと、悠は理解した。

あくまで他人同士の関係。それを弁《わきま》え、決して甘えて懐いてはいけないと思いながら、浅羽の傍は、どうしようもなく心地よくて、悠は強く、浅羽に惹《ひ》かれていった。

七度目の食事の帰りに、初めて彼を浅羽さん、と呼んだ気がする。やがて夏が終わる頃には、悠は次の金曜日を指折り数えて待つようになった。

彼とのひと時が、悠には至福の時間になっていたのだ。


学生服を着た少年が、無言でがんがんとカウンターを蹴《け》った。レジが無人になっていたので不機嫌そうに店員が来るのを待っている。

おにぎりの棚で商品の陳列をしていた悠は、大慌てでカウンターの中に駆け込む。

「お待たせしました。大変申し訳ありません」

急いで応対したが、待たされたことが癪《しゃく》に障ったのか、代金を投げ捨てるようにカウンターに放られた。

足元に散らばった小銭を集めていると、頭上で話し声がした。

「今日、なんか高校生がやたら目立つな」

「ああ、近くの高校生だろ。まだ三学期始まったばっかりだから、授業終わるのが早いんだよ」

悠と同じシフトに入っている学生スタッフの二人が、のんびりとバックルームから出て来る。いつの間にか休憩に入っていたらしい。

悠は店内にちらほら見かける制服姿の少年や少女に目を向けた。

――高校生。

高校生なら、悠と同い年か、一つ、二つ年上というところだろうか。

悠は少しだけ羨《うらや》ましくなる。

両親が健在だったら、悠も多分、彼らと同じように制服を着て、学校に通っていたかもしれない。

「仕事が増えるんだよな、店の前で飯食い散らかしたりするのってあれくらいの年代だろ。それに『外引き』が多いからさ」

「『外引き』なあ。奴らやり方が半端じゃないもんな。うちはスタッフが少ないから特に標的にされやすいんだよな」

カウンター内での私語は厳禁だが、彼らは一切気にする様子はない。傍にいるのは店内で最年少の悠だけだし、店長はというと、雑誌が配置された棚の前で、本部から派遣されているスーツ姿の男性SV《エスブィ》と何かやり合っている。SVに丁寧に包装された品物を手渡そうと躍《やっ》起《き》になっているのが分かった。

学生スタッフの一人は、呆れきった様子で肩を竦めた。

「あーあ、店長、またあんなことしてるよ。SVさんも困ってるし、いい加減諦《あきら》めたらいいのに」

ＳＶとは、コンビニの本部から派遣される指導員、スーパーバイザーの通称だ。各店の売上低下や業務怠慢があった場合などの不祥事《ふしょうじ》を、ＳＶはすべて本部に報告する。だからどうにか機嫌を取ってレポートに手心を加えてもらおうというのが店長の算段らしい。

いわゆる「袖《そで》の下」だ。

「まあ店長も必死かもな。ここ、立地の割に経営状態悪いんだろ。店長も本部には借金だらけなんだってさ」

その時、駐車場に大型トラックがものものしく入ってくる。

十四時半。一日三回やって来る配送用のトラックだ。だらけきっていたスタッフに、いっそう面倒そうな気配が満ちる。

「配送トラック来ちまった。おい」

おい、というぞんざいな呼びかけは、悠に向けられている。レジを悠が受け持って、彼ら二人が検品と納品をするのだ。

悠は、はい、と返事して、片方のレジに「停止中」のプレートを出した。

一人きりでレジに立ち、悠はいっそうフル回転だ。

「ちょっと、悠君」

店長が、せかせかと悠のすぐ傍らに立つ。

「明日さ、また例のあれお願いできるかな。あと一人はカウンターに入ってもらうことになってるから、店に君一人にならないとは思うけど」

店長はこそこそと耳打ちを始めた。

「分かりました。入ります」

「いつも言ってるけど、本当は禁止されてることだからね。外部には君の年齢なんかはきちっと伏せておいてよ」

悠は黙って頷《うなず》いた。

「もしSVさんにばれたら、君が自分から希望したってちゃんと話すようにね」

店長はSVを追ってバックルームに入って行った。

悠はどうしてか少しだけ、お菓子を齧りたいような気持ちになった。

例のあれ、とは深夜勤務のことだ。

ただでさえスタッフの少ない店だが、深夜勤務は特に人気がない。

しかし、貧しい一人暮らしを送っている悠には、長い時間働かせてもらえるのは有り難い。

ただ、浅羽にこのことを知られるわけにはいかない。法律上、十六歳未満の少年の深夜勤務は禁止されているのだ。だから、浅羽にはコンビニの具体的な場所は伏せている。深夜勤務に入っているときに、浅羽がひょいと店にやって来たら困る。

悠が貧しい暮らしをしていることは、浅羽はもちろんとうに知っているが、そんな法律違反をしなければならないほど危なっかしい生活をしているのだと、知られたくなかった。

いったんレジを終えて顔を上げたその時、店内に女子高生が入って来た。

大きなウェイブが入った金髪に、睫毛《まつげ》が目立つアイメイク。やたらスカートが短い、仲が良さそうな三人連れだ。

その中の一人が、カウンターに入っている悠を見て、くすっと笑った気がした。

彼女たちは、真っ直ぐに化粧品が置かれた棚に近付くと、座り込んできゃあきゃあと何かを話し始めた。

男の子のこと、気に入らない教師のこと、明日の小テストのこと。

日常の他愛ない出来事を話しながら、いきなり一人がマニキュアを数本わしづかみにする。それを当然のように、自分の制鞄《せいかばん》の中に放り込む。

後の二人は大笑いして、同様の行動を取り始めた。口紅、クレンジングオイル。ストッキングの束。それを全部、それぞれ根こそぎ鞄へと移していく。

悠はカウンターに突っ立ったまま、幻でも見ているように呆気《あっけ》に取られていた。

さっきスタッフ二人が話していた『外引き』――つまり万引きだ。

一年近くも働いていたから、万引きを目撃したことはこれまでにも何度かあった。けれど、こんなに傍若無人な現行犯に立ち会うのは、初めてのことだ。

バックルームに入った店長は、またSVと「袖の下」のことで揉《も》めている。

残りのスタッフ二人は届いた商品の棚出しをしている。ここで動けるのは悠だけだった。

「――あの、すいません」

カウンターから出て思い切って声をかけたが、彼女たちはいかにも頼りなさそうな店員のことなど完全に無視していた。

やがて、大きく膨らんだ鞄を抱えて彼女らは三人一度に立ち上がる。

相変わらず笑い合いながら、足早に出口に向かって歩き出した。振り向きざま、少女の一人が悠を見遣《みや》って舌を出した。

「バーカ」

悠をぽかんとさせて、自動ドアから出て行った。

「待って下さい!! 万引きです!」

しかし、慌てた悠は、自動ドアを出たところで転んでしまう。

彼女たちは悠の無様な様子を笑いながら、手を叩いて大喜びし、そして遠くへ逃げて行った。

「今日はずいぶんぼうっとしてるな。何か嫌なことでもあったかな」

車を運転する浅羽は、前を向いたまま、目だけでちらりと悠の顔を見た。

「その鼻先は？　どうした？」

悠は鼻の頭に貼った絆創膏《ばんそうこう》を手のひらで覆いながら、考えていた言い訳を口にした。

「仕事中にミスして、転んで」

「ミス？」

「お釣を忘れたお客さんを追いかけようとしたら、レジの脇に置いてあったモップの柄《え》が足の間に挟まって、転んだんです」

浅羽は眉を顰めた。

「他に怪我は？　病院にはちゃんと行ったのか？」

「大丈夫です。ちょっとすりむいただけだから」

悠は曖昧に笑って俯《うつむ》いた。

ウィンドウの外を、首都高速のオレンジ色の照明が流れていく。

浅羽には、万引きの話はできなかった。

店長やSVには、もう少し慎重であるべきだったと注意を受けた。捕まえたならまだしも、取り逃がして勝手に怪我をしたなんて、店には迷惑でしかない。

悠はウィンドウに映る自分の顔にそっと溜息をついた。

せっかく浅羽との食事だというのに、顔に貼った絆創膏はいかにもみっともない。

そんな気持ちを追い払うように、悠はせめて、楽しいことを口にする。

「でも、昨日は生菓子のメーカーさんから新製品の試供品がたくさん届いて、味見させてもらいました。すごくたくさんもらって、おいしかったです。生チョコとか」

「君は甘いものが本当に好きだなあ」

「大好きです。ポケットに、チョコとか入れておくとそれだけでちょっと嬉しいから」

浅羽は目だけで笑って、滑らかにハンドルを切る。

「浅羽さんは、チョコレートとかあんまり食べないですか？」

「学生時代にはよく食べたよ。司法試験の直前期だったかな。短時間で糖分が補充できるし、疲れも取れるし、俺は好きだよ」

悠はなんとなくわくわくした。

浅羽の好き、という言葉が不思議なほど嬉しい。

「司法試験って、どんななんですか？　すごく難しい試験だって聞いたことがあります」

「どうかな。今は予備校がたくさんあるし、本気で法曹を目指してシステマティックに勉強したら、わりとなんとかなるかもしれない」

「弁護士になるっていうのは、いつ決めたんですか？」

悠は興味深い気持ちで尋ねた。

考えてみれば、浅羽には悠の身の上を全部話しているのに、悠は浅羽のプライベートはあまり知らない。

食事の間に話すのは、いつも悠のことだったり、益体《やくたい》もない世間話だったりする。浅羽のプライバシーに立ち入るのは、なんとなく、気が引けていたのだ。

「なんとなく、かな。親戚連中にもこの仕事が多かったし、大学が法科だったしね」

浅羽はなんでもないことのように答えるが、彼の最終学歴は東大の法科だ。

「でも、今はこの仕事を選んでよかったと思ってる。独立して、自分の事務所を構えてからは特にね」

浅羽はきっと、小さな頃からいくつもいくつも難関を突破してきたに違いない。世間のどこに行っても、常にOKを出される人間だ。

浅羽は自分の生《お》い立ちをあまり詳しく話さないが、それでも断片を繋《つな》げば彼が育った背景が、悠にも思い浮かぶ。

浅羽の親戚はほぼ全員が法曹関係についているらしい。祖父と父、二人いる兄も、全員が弁護士なのだそうだ。

完璧なエリートだった。

裕福で、明るい、ぴかぴかの人生。

悠は水仕事であかぎれができた自分の指を見下ろした。

卑屈になってはいけないと思う。誰に恥ずかしいと思う必要はない。悠は自分なりに毎日精一杯、頑張って日々を送っている。

けれど、隣に座るこの人と、自分は属している場所がずいぶん違うらしい。

遠くて、遠すぎて、どうやったらもっと彼の傍にいられるのか、見当もつかない。

――そんなこと、考えるのもおこがましい。

「浅羽さんみたいに、なんでもできて、なんでも持ってたら生きてることってきっとすっごく楽しいですよね」

悠はぽつんと呟いた。

浅羽は苦笑して肩を竦める。

「冗談だろ。俺も嫌になるほど後悔やら失敗を積み上げてきてるよ」

「嘘です。浅羽さんみたいな人が後悔したり失敗するなんておかしい」

しかし、浅羽はそれは違う、とかぶりを振った。

「失敗しない人間なんて、世の中にはいないよ」

「でも……」

「世間にはびっくりするくらいどうしようもない人間がいる。利欲主義で、卑怯《ひきょう》で狡猾《こうかつ》で
――だけど俺は仕事上、そんな奴らの利権の主張を代行することもある。振り返って後悔することは、いくらでもあるよ」

思わぬ厳しい口調に、悠は当惑してしまう。浅羽のそんな剣呑《けんのん》な言葉を、悠は初めて聞い

たのだ。けれど浅羽は、緊張感をすぐに和《やわ》らげた。

「君は？　将来の夢は？」

「……夢？」

「なりたい職業とか、何かを勉強したいとか。叶《かな》えたい夢はないか？」

悠は俯いて、曖昧にかぶりを振る。

「ありません。今は、それどころじゃないから」

「それなら何か探そうよ。実は前から一度話をしようと考えてたんだ。必要な援助ならさせてもらうよ」

まるで新しい遊びに誘うように浅羽が口にした言葉に、悠は驚いて目を見開いた。

「そんなこと、お願いできるわけないです」

当たり前だった。浅羽とは、血縁者でもないまったくの他人なのだ。援助など受けられるはずがない。

「夢は大切だよ。たとえば学問や技術を身につけるのもいい。君はまだ若いから、やりたいことなんかすぐに見付かる。今の君に余裕がないなら、俺が手助けする」

「ダメです。俺はほんとに、今のままで、幸せだから」

悠は目を閉じ、激しく首を横に振った。

食事に誘われて、一緒にいる時間を与えられるだけで、悠は幸せなのだ。こんなに楽しくて、こんなに甘えてもいいものなのかと時々心苦しくなるくらいなのだ。

その上、援助なんてとんでもない話だった。

悠の強い拒絶に、浅羽は笑って肩を竦めた。

「君は働き者だし、意外に芯も強い。学校に通って、たとえば法律の勉強になんか向いてるんじゃないかと思ったんだけどな」

悠は黙って俯いた。

学校。法律の勉強。浅羽の言葉に、胸は大きくときめくけれど。

鼻先に貼った絆創膏を、忘れてはいけない。悠の生活には、夢が入り込む余地などない。

「――ちょっと寄り道をして行こうか」

不意に浅羽が、悪戯《いたずら》っぽい口調で悠を誘った。

次のインターチェンジで下りると聞いていたのに、車は真っ直ぐに高速道路を走る。バイパスを通り、海の近くの道路に入った。

「でも、お店に八時半から予約入れてるんでしょう？」

「そうだ、遅刻の連絡を入れないといけないな。はいこれ」

胸元のポケットからひょいと携帯電話を放り投げられる。悠はそれを慌てて両手で受け取った。

「え？　え？」

携帯電話なんて悠は持っていないから、使い方がよくわからない。

「俺の言う通りに操作して。短縮、シャープの二八番。予約した店に繋がるよ」

てきぱきと指示されて、問い返す間もなく悠はせっせと携帯電話を操作する。

コールすると、すぐに店員が出た。悠は大慌てでそれを浅羽に告げる。

「お店の人が出ましたっ」

「慌てなくていいよ、今から俺が言うことを復唱してごらん。『浅羽です。三十分ほど遅れます。ピザを窯にいれるのを少し遅らせて下さい』」

悠は突然の伝言ゲームに緊張して、つっかえつっかえ、なんとか復唱を終えた。どうやら今日はイタリアンを食べに連れて行ってくれるようだ。

「よくできました」

上手く芸ができた小猿にするように、くしゃくしゃと髪をかき回される。褒《ほ》められるのはそれだけで嬉しい。特に、悠は浅羽にこんな風に触られると、くすぐったくて誇らしくて、胸がぎゅっとする。

だけど、悠には疑問があった。

「食事に遅れて、どこに行くんですか？」

「さあ、どこでしょう」

車はいっそうスピードを上げた。見ればメーターは一二〇キロをとうに超えている。流れる景色の速さは空恐ろしいほどだ。

「そ、そんなにスピード出して大丈夫なんですか？」

しかし、ハンドルを握る浅羽は、なんら臆したところなく、まったく余裕の表情だ。

「一度、一六〇キロまで出したことがあるよ。クライアントの息子さんが問題起こして、すぐ飛んで来てくれって泣きつかれた」

「危ないですよ、そんなの！　浅羽さんが大怪我したら大変です！」

「クライアントが君みたいに優しい人ばかりだとほんとに大助かりなんだけどな」

他愛のないことを話しながら、車はいつしか「ブルースカイ・ブリッジ」と呼ばれる大型海上橋へと滑り込む。全長一キロメートルもある美しくも巨大な釣り橋だ。

それから浅羽は、左手で窓の外を示した。

「外、見てごらん」

何気ない口調で言われて、悠は視線をそちらに向ける。

「あっ！　遊園地だ！」

大急ぎでウィンドウに飛びついて、ガラスにぺったりと額《ひたい》をつけた。

ブリッジのすぐ向こうだ。大きな遊園地のイルミネーションが夜闇に煌めいている。

その中央には、巨大な観覧車。

浅羽はブリッジの中央で路肩に寄り、車を停めた。ハザードランプを出して、車外へ悠を促《うなが》す。

「気をつけて。かなり風が強いよ」

「わっ」

注意を受けた甲斐《かい》もなく、悠は強風に煽られてよろめいてしまう。

浅羽に力強く手首を取られて、ぐんと白い欄干に引き寄せられる。

「危なっかしいなあ。だから普段から小さい小さいって言ってるんだ」

風が一瞬凪《な》いで、悠は眼下の光景に目を見開く。

臨海に映えるテーマパークは規模が大きく、虹色の光がずっと遠くまで広がっている。風に流され、賑やかな音楽がかすかに聞こえる。アトラクションは、光が滲《にじ》んで打ち捨てられた宝石のように輝いて見えた。

そびえ立つ観覧車は、ゆっくり、ゆっくりと回転している。頂点に向かい、月をかすめてまた地上へと下りていく。

無条件に子供をわくわくさせる光景に、悠も胸を高鳴らせる。

「八時十五分。もうじきだ。よかった、間にあったな」

何が起こるのかと尋ねようとしたその途端、光が観覧車のずっと上空をさっと切り裂いた。次の瞬間、轟音《ごうおん》と共に、夜空に色とりどりの光が開く。続いて三発、四発。

花火だ。遊園地の一日のクライマックスを伝えているらしい。おとぎ話の中に出てくるお城が、ほんの一瞬、短い夢のように照らし出される。

「きれい……」

悠は吸い込む空気の冷たさも忘れて、花火に見入っていた。

真冬に花火を見るなんて、悠には生まれて初めてのことで、ただただ見惚れてしまっていた。

浅羽はこれを悠に見せようと予定を遅らせてくれたのだろう。

びゅうと、また強い風が吹いて肩を竦ませると、浅羽が自分のコートを悠の肩にかけてくれた。

彼が寒くないのだろうかと心配になって上向くと、黙ってにこりと笑いかけてくれる。

頬は冷たいのに、体と心が、あったかい。

「――今度」

悠のすぐ横の欄干にもたれ、スーツのポケットから煙草《たばこ》を取り出すと、慣れた手つきで火を点《つ》ける。

浅羽が煙草を吸うのを知らなかった。車内や室内にいるときは、悠に気を遣って吸わなかったのだろう。

「時間がとれたらここに遊びに来ようか。花火を打ち上げるのが真下から見られるよ」

それから春になったら花見に行こうと付け加える。正月の口約束を、浅羽はきちんと覚えていてくれた。

やっと分かった。浅羽は多分気付いていてくれていたのだ。悠が、今日、待ち合わせのときから元気がなかったことに。

万引きのことで店長から叱られて、役立たずな自分に自己嫌悪に陥《おちい》っていたこと。詳しい理由を話してもいないのに、悠がすっかりしょげていたことに、浅羽はちゃんと気付いてくれていたのだ。

だから、遊園地に花火を見に連れて来てくれたり、夢を探す話をしてくれた。そうやって、元気付けてくれたのだ。

――どうして、なのだろう。

悠は借りたコートの胸をぎゅっと摑む。ずっと不思議だったことを口にしていた。

「……浅羽さんは、どうしていつもそんなに、俺に優しくしてくれるんですか？」

尋ねて、悠はすぐに後悔した。

そんなこと、分かっているはずなのに。浅羽が悠の身の上に、単に同情してくれているのは、最初から分かっている。

それでも、悠は、浅羽に優しくされると嬉しかった。最初の満月の夜にあれだけ怯《おび》えたのが嘘みたいに、この人に懐いている。

だけど優しくされると、同時に悲しくなるのも本当だ。

悠には、浅羽が喜ぶようなことが何もできないからだ。

大好きな人に、何も恩返しができない。

どうしてそんなに優しいのかと、今、口にした疑問は、もうこれ以上は優しくしないで欲しいというといじけた我儘《わがまま》にも思えた。

「……すいません、ごめんなさい。なんでもないです」

「優しい、か」

ぽつんと落ちた浅羽の声に、悠は顔を上げる。

長身を見上げていると、風が吹き荒《すさ》ぶ中、花火がまた一瞬、その美貌を照らし出す。

浅羽はなぜか自嘲《じちょう》するように、唇の端を上げていた。

「どうなのかな。俺は自分のことを優しいとは、あまり思わないけど」

悠はとんでもない、と爪先《つまさき》だって主張した。

「優しいです。浅羽さんは優しい。今だって、花火を見に連れて来てくれたし」

「こんなのは、いつも食事に付き合ってくれてるお礼だよ」

「そんなの変です。だって、ご馳走してもらってるのは俺の方だし、それに、浅羽さんは俺とじゃなくても……」

最後の言葉は小声になって、風の音にかき消されて、浅羽の耳には届かなかったかもしれない。

そうだ。浅羽の周りには、彼と同じように煌びやかな友人や――恋人が、いるはずだ。

――恋人。

浅羽にはあまりにも相応《ふさわ》しい幸福なその言葉に、どうしてか胸がじわりと痛んだ。

浅羽の恋人。その人は、なんて幸せな人なんだろうか。

丈の合わないコートを羽織った自分の足元を、心許《こころもと》ない気持ちで見つめた。

浅羽は欄干に頬杖《ほおづえ》をつき、恬淡《てんたん》とした様子で遊園地を眺めている。

「何も変じゃない。俺は君と一緒に食事をするのが楽しいから誘ってる。君は？　俺との食事は楽しくないかな」

「そんなの、楽しいに決まってます」

思い切り胸を張って答えた。浅羽は煙草を咥《くわ》えたまま、目を細めた。

腕を伸ばし、悠が羽織るコートの前を丁寧に合わせてくれる。

「そう。それならよかった」

「よくないです。やっぱりヘンです。だって、だって俺、浅羽さんに優しくしてもらっても、お返しとかできない、だから」

「馬鹿だな。子供はそんなこと気にしなくていいんだよ」

「でも――」

「じゃあ、その疑問はそのままで」

不意に美貌が間近まで寄せられて、どきりとした。深い、黒い瞳に見つめられると、もう何も言えなくなる。

「秘密が何もない大人なんて、魅力がないもんだよ？」

大人の男そのものの穏やかな口調でかわして、片手で悠の髪を優しく撫でた。

悠が大好きな、浅羽の手のひら。

胸が、どうしようもなく高なる。

「さあ、そろそろ行こうか。長居させて風邪《かぜ》をひかせるわけにいかない」

花火は、いつの間にか終わっていた。

浅羽は吸いさしの煙草を携帯灰皿にしまうと、悠の手を引いて歩き始める。

「風に飛ばされるなよ。君は本当に小さいからあっという間に飛んで行きそうだ」

「そこまで小さくないです」

「小さいよ」

笑いながら益体もないことをやり取りし、浅羽は悠を助手席に押し込む。すぐに車は発進した。浅羽はヒーターを最大まで出力して、悠を窺う。

「思ったより寒かったな。どこかで熱いコーヒーでも買おうか」

「平気です。浅羽さんにコート貸してもらったから、暖かかったです」

だけど、コートを貸してくれた浅羽はきっと寒かったんじゃないだろうか。

悠は、そうだ、と着ていたコートのポケットを探った。つめていた小さなチョコレートを、一つ摘んだ。

確か糖分をとると、体温がいくらか上昇すると聞いたことがある。

「チョコレート、食べますか？」

「いいよ、それは君の大事なおやつだろ？」

「でも、浅羽さんお腹空いたでしょう？　それにこれ、新発売でとっても美味《おい》しいんですよ。中にキャラメルクリームが入ってるんです」

浅羽に食べてもらいたかった。

花火を見せてくれた。頭を撫でてくれた。

そのお返しが、少しでもしたかったのだ。

一生懸命言い募る悠に、浅羽は唇の端だけで微笑した。

「じゃあ一つ、もらおうかな」

悠は運転中の浅羽のために、チョコの銀紙を丁寧にはがし、指先で唇に運んであげた。

唇が一瞬触れてどきりとしたが、浅羽は前を見たままチョコを噛《か》んでいる。その横顔を悠は一心に見つめた。

「おいしいですか？」

「うん。すごく美味いよ」

その返事を聞いて悠はぱっと嬉しくなった。

「じゃあもう一つむいてあげますね」

いそいそともう一つチョコを取り出し、またそれを浅羽に差し出す。

浅羽はそれもおいしい、と言ってくれた。

その言葉を聞くと、照れ臭いようなくすぐったいような、不思議な喜びが湧《わ》き上がった。

自分があげたものを、大好きな人が受け取ってくれる。そして美味しいと言ってくれる。

それはなんて幸せなことなんだろうか。


築六十年、安普請《やすぶしん》のアパート。全室畳敷きで、六畳間にはガスコンロが一つ・共同トイレ・共同風呂がついている。

ここが悠のささやかな城だ。

古い部屋だが、部屋の隅々まで綺麗に片してあるし、食事も、一応きちんととっている。

今、悠は眉根を寄せて、畳に置いた家計簿を睨んでいる。一ヶ月の収支の計算をしているのだ。家賃や、光熱費の支払。

夜半の寒気が応《こた》えるので、今月はとうとう格安の毛布を買ってしまった。

そのレシートをきちんと整理して、月末に振り込まれる予定のアルバイトの収入を計算する。なんとか今月もやっていけそうだ。

それから、預金通帳を見て、悠は畳の上で膝を抱え、じっと考え込んでしまった。

毎日の生活はかつかつで、貯金は実に微々たるものだ。一ヶ月に少しずつ、万一のときに備えて積み立ててきた。

けれど、このわずかな貯金に、悠は今、小さな夢を見ている。

それは、学校に行きたい、という夢だ。

バイトがあるから昼間は無理だが、夜間学校なら通学できるかもしれない。

花火を見に行ったあの夜。

叶えたい夢はないかと浅羽に問われてから、悠は毎日考えていた。

バイトで精一杯の毎日で、夢を持つなんて贅沢《ぜいたく》だ。だけど、そう思えば思うほど、胸の片隅に不意に芽生えた強い希望から、悠は目が逸《そ》らせなくなった。

顧《かえり》みる余裕がなかっただけで、無意識ではずっと、望んでいたのかもしれない。

店内で高校生の姿を見かけると、羨ましくて少し切《せつ》なくなったりもした。

学校に通って、勉強がしたい。世の中のことをもっと知りたい。

できたら、本当にできることなら――法律の勉強に向いているという浅羽の冗談を真に受けたわけではないけれど――大学に行って、法律を学んで、どんな形でもいいから浅羽の役に立ちたい。

もっと、浅羽の近くに行きたい。

まるで裸足《はだし》で月まで駆けて行くような、とてつもない夢だけれど。こんな動機で勉強がしたいなんて、不純かもしれないけれど。

でも、少しでいいから。浅羽の傍にいられる人間になりたいと思う。

その目標のために、今よりも、もっともっと頑張って働こう。

粗末な毛布に包《くる》まり、窓越しの月を眺め、悠はそのまま、とても幸福な気持ちで寝ついた。


悠は持ち場のカウンターの中で、ごしごし目を擦《こす》った。

少し、寝不足で疲れがたまっている。

このところ、悠はほとんど毎日のように深夜業務を引き受けている。

昨日も二十三時から今朝の六時まで仕事をし、いったん仮眠を取って、十三時からまたシフトに入っている。

体力的にかなりきついが、無理をすれば決してできないことではなかった。

それに、今日は金曜日なので、また浅羽に会える。仕事をしている間ずっとそわそわして、歌いながらくるくる回りたいくらいだ。

時計を確認すると、夕食時のラッシュまで、まだしばらく時間がある。

それが終われば退勤時刻だ。

今週も、浅羽に会える。

浅羽のことを考えると、胸がぎゅうっとして、それからどきどきして、じっとしていられなくなる。

たまっていたレシート用のゴミ箱を空《から》にし、カウンターの下に放り出されたモップを見つけた。

誰かが掃除機をかけずにいきなり床にモップをかけたらしい。毛先が真っ黒になっていた。バックルームの裏手にあるコンクリートの洗い場で、水で直接揉《も》み洗いしてみた。

汚れが少しずつ流れて、モップがきれいになると、悠も嬉しくなる。

けれど真冬の水は冷たく、指先がすっかりかじかんで真っ赤になっていた。息を吹きかけて温めていると、そこで突然、バックルームの扉が開いた。

「悠君、ちょっと話があるんだけど、いいかな」

顔を覗かせたのは店長だった。

どうしてか、酷《ひど》く強張った顔をしている。

「すいません、今、モップを洗ってたから手が汚れて……」

「いいからさっさと来て！」

やや鋭い声音で呼ばれて、悠は慌ててモップを壁に立てかけた。

駆けつけたバックルームには、店長と、それに今日の昼間からシフトに入っているスタッフが二人いた。

狭く薄暗い室内は何かただならない気配に満ちていた。

「ちょっと、これを見てもらいたいんだけど」

悠は強引に、コンピューターのすぐ傍まで押しやられた。肩を摑むようにして、モニターの一角に顔を押しつけられる。

「悠君にも、もう一年近くこの店で働いてもらってるから。いくらなんでも、この表の見かた、分かるよね」

現金の精算表だ。店長が、ボールペンの端でモニターの片隅をこつこつと叩く。

そこには、赤い文字で５０４１２円と記されていた。

つまり、店舗の売上データと実際のレジの中の金額が合わないと示されている。端数《はすう》はレジの打ち間違いと理解できるが、五万円の不足金は、いくらなんでも多すぎる。

なぜか、その差異の原因を、店長は悠に問うているらしい。

「あの、レジの打ち間違いとか……この前の万引きとかは、関係ないんでしょうか。あれは、一回一回額が大きいから……」

「万引きで盗まれた分の商品はレジを通さないから、この場合は考えなくていい」

店長は咳払《せきばら》いした。

「まあ、君はあの時怪我までして万引きを捕まえようとしたんだから、ついそっちに考えがいくのは分かるけどね」

まるで誠実さをひけらかそうとしているかのように言われて、悠は戸惑った。

「そんな、そんなつもりじゃありません」

「それに、君が怪我して大騒ぎしてくれたおかげで、本部からのSVさんの数が増えて、あちらにも迷惑をかけてるんだ」

店長はいっそう口調を険悪にした。本部からの指導員であるSVの数を増やされるのは店にとっては決して名誉なことではない。

「今日、悠君、来たときからちょっとそわそわしてたよね？」

奇妙に優しい声音で、店長がそう尋ねた。

「それに、データをつき合わせていくと、どうも不足金が出たのは昨日の深夜みたいなんだ。悠君、深夜勤務に入ってたよね？」

悠ははっと顔を上げる。他のスタッフは気まずそうに口を噤《つぐ》んでいる。

店長を含め、すでに暗黙の了解があるようだった。

「それは、……この五万円は、俺が盗《と》ったっていうことですか？」

「そんなことは言ってないよ」

店長は不愉快そうに目を逸らした。

だったらなんの話をしてると言うんだろう。なぜ、悠一人の勤務中の様子や、勤務時間帯のことが俎上《そじょう》に載せられているのか。

それでも大変な疑いがかかっていることは分かっていた。

悠は大慌てで、バックルームの片隅に置いていた自分の上着や荷物を差し出した。

「あの、俺の荷物、これです。ユニフォームのポケットの中とかも調べてもらってかまわないです」

「でもさ、さっき外で作業してたよね」

スタッフの一人が目を逸らしたままぼそっと呟いた。

「じゃあ、水回りを見て来て下さい。お金を隠す場所なんてありません」

しかし、誰も見に行こうとしない。

お前がやったとさっさと認めればいい。

いつも古びた服を着て、身よりもないような一人暮らしで。お前が金に困っているのは店内の誰もが知っていることだ。

無言でそう責められている気がする。

だけど絶対に違う。そんな泥棒みたいな真似《まね》、絶対にしていない。

けれど、状況証拠という意味で、これ以上疑わしい人間もこの店にはいないだろう。

「……もしかしたら、俺も、レジ打ちの間にいくらか、ミスしたことがあるかもしれません」

「そうそう、そうかもしれないよねえ。でも、五万円はちょっと大きいよな」

「だから、お金は盗ってません」

店長は今度こそ、はっきりと眉を顰めた。

親がいないというのを、せっかく雇《やと》ってやっているのに、なんという強情な子供だろうかと本気で腹立たしそうだ。

「じゃあ、レジの件はこっちできちっと調べさせてもらうから。上から調査することになったら、君がオフの日でも立ち会ってもらうからね」

「………はい」

「今なら、大事《おおごと》にはしないよ？　この店内で内々に始末するし。ＳＶさんが出てきたら、警察沙汰《ざた》になるかもしれないけどね」

悠はどきんとした。

警察。そこに浅羽がいるわけではないが、職業柄こういった事件に完全に無関係とはいえない。

もしも、このまま泥棒と疑われて、警察に連れて行かれて、浅羽に会うようなことになったらどうしよう。

人のお金に手をつけるような、そんな最低な人間だと、浅羽に誤解されたらどうしよう。

「……警察は、やめて下さい」

つい、弱音を漏らした。店長は、それ見たことかと口調を荒げる。

「どうして。君が盗ってないなら、警察なんか呼んだって問題ないはずだよ。なんだったら、今すぐ一一〇番しようか？」

店長が脅かすように受話器に手を伸ばす。悠は怯えて息を飲んだ。

その時だった。

「あの、すみません」

遠慮がちに顔を覗かせたのは、一時間ほど前からシフトに入っている学生バイトの一人だった。

彼は困惑した顔で緊迫したバックルームを見回す。

「なんか話、長引いてるみたいだからちょっと気になって。もしかしたら、これの話してるんすか」

学生は、一通の封筒を手にしていた。

「レジに入ってたんですけど、気になって」

「えっ、なんだっけ、その袋……」

店長が不思議そうに首を傾《かし》げる。

「昨日の夜、店長がSVさんにお渡しするからってレジから現金抜いて、ここに入れてたんじゃないですか」

やっぱり忘れていたのかと呆《あき》れきった様子で彼は肩を竦《すく》めた。

いつもの、店長の「袖《そで》の下」だ。

店長は何かを思い出した表情で大慌てで封筒を受け取る。中にはちょうど五万円、入っていた。


待ち合わせ場所に、浅羽はすでに来ていた。

いつもの宝石店の、ショーウィンドウの前。

コートを着た長身は雑踏《ざっとう》の中でも酷く目立つ。腕時計を確認する横顔がとても凜々《りり》しく見えた。

悠は、先週の浅羽との会話を思い出す。

次は湯豆腐を食べに行こう。

神楽坂《かぐらざか》に、美味い豆腐と湯葉を食わせる店がある。

京都《きょうと》から取り寄せている豆腐は、少し灰色がかっていて、だしが沸騰《ふっとう》した鍋に入れると熱々に温まる。

つけ醬油《じょうゆ》にしょうがをたくさん入れて、春菊もたっぷり食べる。そうしたら今年はもう風邪《かぜ》知らずだ。

浅羽の言葉を、悠は一週間のうちに何度も反芻《はんすう》した。

この金曜日が、悠にはずっと待ち遠しかった。湯豆腐はおいしそうだけれど、それがなくても、ただ浅羽に会えるなら、悠はもうそれだけでいい。

悠は息をきらせて、ただ走り続けた。全力疾走している間は、何も考えずに済む。

浅羽は顔を上げ、遠くから駆けて来る悠の姿に気付いた。片手を上げる。

一週間ぶりに、大好きな笑顔を向けられた途端、まるで雪が降り始めたみたいに、ふわっと視界が滲《にじ》んだ。

浅羽から数メートル離れたところで、悠は足を止める。自分が吐く息で目の前が時々白く霞《かす》む。

「あの、今日は」

マフラーを鼻先まで引き上げた。

表情を見られたくないので下を向くと、みるみる間に溢《あふ》れた涙が、真っ直ぐに足元に落ちた。

「すみません、今日は帰ります」

それだけ言って、大急ぎで踵《きびす》を返す。

「――悠君？」

驚いたように呼びかけられたが、悠は立ち止まらなかった。

「ちょっと待てよ、どうした？」

「なんでもないです。ちょっと、今日は都合が悪くなりました。ごめんなさい」

「待ちなさい」

肩を掴まれ、振り向かされる。

覗き込まれた顔はもう、鼻水と涙でぐちゃぐちゃになっていて、泣いていることはどうしてもごまかしようがなかった。

嚙み締めた唇からみっともない嗚咽《おえつ》ばかりがこみ上げる。

こんな風に泣くのは、ずるいと思う。

泣くなら一人で泣けばいい。

涙を見られた後で、帰ると我儘《わがまま》を言ったら、心配して欲しいと言っているのも同じだ。優しい大人の気を引く、最低に幼稚な方法だと思う。

けれど、悔しさと悲しみが、どうしても止められない。心根が弱っているときに、懐いている人の顔を一目見たかったのも、声を聞きたかったのも、ただ、本当なのだ。

「…………っ、…………」

「このまま帰せないよ。どうした？　何か嫌なことがあったかな」

建物の壁にもたれ、激しくしゃくり上げる悠を腕の中に収めてくれる。

通行人の目を気にすることもなく、ただ悠の髪を撫でていてくれた。


浅羽の事務所は、いつもの待ち合わせ場所から程近くにあった。赤い煉瓦《れんが》造りの、どこかレトロな五階建てのオフィスビルの三階に入っている。

悠はそこに招かれ、来客用のソファに座らされた。

「コーヒーでよかったかな。うちの秘書には、俺が淹《い》れたお茶は不味《まず》いって不評なんだけど」

浅羽が淹れてくれたコーヒーのカップを手渡された。

「あったかい……」

一口飲むと、体と心がほっと安らぐ。お菓子好きの悠を思いやってくれたのか、ミルクと砂糖がたっぷり入っていた。

浅羽はブラックコーヒーが入ったカップを手に、悠の隣に座る。彼に問われて、悠はさっきバイト先で何があったか、ぽつりぽつりと話した。

「そいつは酷いな。自分が渡すつもりで用意した『袖の下』を忘れて盗難と勘違いするなんて」

浅羽は本気で憤慨していた。

落ち着いて言葉にすると、悠にも今の自分の状況が改めて見えてくる。

人手不足のあまりにシフトには多く入れてくれたが、店長は多分これまでも、大きな不足金が出る度に、悠のことを疑っていたのだろう。

万引きを捕まえようと一生懸命でいたことさえ、却《かえ》って仕事への真面目さをひけらかすような、疑わしい行動に見えたのかもしれない。

「……仕方ないんです」

悠はぽつんと呟く。惨めな自分の存在を隠すように、小さな体をいっそう縮めた。

「だって、あんな大金がなくなって、その近くに俺みたいなのがいたら、やっぱり俺のことを一番に疑うのが当たり前だと思う……。俺がどんな環境で生活してるか、皆、知ってることだから……」

精一杯、感情を感じさせない口調で、自分でも自覚している事実をありのままに口にする。

浅羽がこちらをじっと見ているのを感じる。卑屈になっていると思われたくなくて、悠はぎこちなく顔を上げた。

それに、疑った店長にばかり非があるとは思っていない。

「それに、店長の仕事って本当に大変なんです。人手が足りなかったり、作業が遅れたら全部引き受けなきゃいけなくて」

「経営者が大変なのは当たり前の話だよ。それで君が不愉快な目にあうのは道理に合わない。君が許可してくれるなら、俺が代理で抗議を――」

「――いいんです！」

悠は電話機に手を伸ばした浅羽を慌てて引き留めた。

そんな風に、浅羽に迷惑をかけられるはずがなかった。

それに、親のない未成年である悠を一年近く雇ってくれている。店長に感謝しているのも、心から本当なのだ。

「疑いも晴れたし、店長も謝ってくれたし、もう……大丈夫です」

大丈夫。

自分にそう言い聞かせて、悠はぎこちないなりに、なんとか笑顔を作った。

それから目を上げて、周囲の様子を見回す。

ここが浅羽が仕事をしている場所。

六法全書や判例のファイルが並べられた書架、コンピューターが置かれたデスク。

窓際にパーテーションで仕切られた場所が浅羽のデスクらしい。

ごくシンプルなデザインだが、機能的で、若々しくも知的な雰囲気が漂っている。このオフィスの主《あるじ》である浅羽のイメージそのものだった。

「浅羽さんは、いつもここで仕事してるんですね」

浅羽の日常がここにある。泥棒とすぐに疑われるような、悠の生活とはまるで違う日常だ。

改めて、遠い人なのだと思う。

「湯豆腐、食べ損ねました」

悄然《しょうぜん》とした気持ちを隠そうと、どうにかおどけたつもりだったが、浅羽は笑ってくれなかった。それどころか、厳しい表情で、コーヒーカップをテーブルの上に置いた。

「俺に店に来ないように言ってたのは、本当はそれが理由か？」

「え？」

「深夜勤務。いつからやってるんだ？」

悠は顔を強張らせた。

「金がなくなった深夜勤務の時間帯に君が働いていたから疑われたって今、言ったろ。だけど君の年齢じゃ、まだ深夜勤務はできないはずだ」

「…………」

「しかも、金の紛失が起きた今回、たまたま初めてシフトに入ってたってわけじゃないんだろう？」

自分の浅はかさに気付いて、うなだれてしまう。

ミスをして叱られているのを見られるのが嫌だからと言い訳して、浅羽には店の詳しい所在地を教えていなかった。本当は、法律に反して深夜勤務をしていることを浅羽に知られたくなかったからだ。

「どうして黙ってた？　弁護士がまだ信用できないとか、そういうことかな」

悠は驚いてしまった。

出会った当初に悠が口走ったことに、浅羽がまだこだわっているとは夢にも思わなかったのだ。

「違います。浅羽さんにお店に来ないで欲しいって言ったのは……深夜勤務のこともあるけど、ミスするのも本当です。この前も、お菓子の陳列に時間をかけすぎだって叱られて……」

「話を逸らさない。君みたいな子供に深夜勤務をさせるなんて正気の沙汰じゃない。コンビニ強盗なんかが深夜に多いのは、君ももちろん知ってるだろう」

「でも、お店が今、人手不足で……大変なときだから、俺にできることがあるなら、少しでも役に立ちたいです」

話にならない、という素振《そぶ》りで浅羽はかぶりを振る。

今日に限って、浅羽の態度は尋問するかのように厳しい。

「君が働いている店だから悪く言いたくない。だけど、その店は君の誠実さに値する店なのか？　君みたいな子供に危険が伴う仕事をさせる雇い主が善良とは、俺にはあまり思えないな」

批判の言葉は辛辣《しんらつ》だった。

もともと怜悧《れいり》な雰囲気の人ではあるが、仕事をしているときの浅羽は、弁論の相手に一切容赦をしない人間なのかもしれない。

悠に対しては、いつもずいぶん手加減して、甘やかしてくれていたのだろう。

「保護者が近くにいないのをいいことに、君をいいように利用しようと考えてるとしか思えない」

「そんな風に言うの、やめて下さい」

自分でもびっくりするくらい、強い言葉が出た。

こんな話は、もう一刻も早く切り上げたくて、悠は早口に言い募る。

「仕方ないです。俺が貧乏なのは、ほんとのことです。べつになにも……なにも、たいしたことじゃない。だからもう、本当にいいんです」

細かに震える肩を、浅羽が強く摑んだ。正面を向かされ、真摯《しんし》な黒い瞳に見つめられる。

悠が両手で覆い隠しているものを、見透かそうとするような、鋭利な眼差しだ。

「そんな風に、どこかで聞いたみたいな大人の答えばっかり口にしなくていいんだ。君が不安だったり、不満だったりすることを、そのまま口にしてごらん」

労《いたわ》るような穏やかな口調に、悠は却ってひりひりと胸が痛むのを感じた。

「不当な目にあったら、黙ってちゃ駄目だよ。君の気持ちが優しくて、言葉が少ないのは俺は知ってる。でも今は、俯いてないできちんと怒るべきだ」

「怒ったりしません。………不満なんか、ないから」

「違法な業務に駆り出されて、盗難の疑いをかけられて？　ずいぶん蔑《ないがし》ろにされてるようだけど、それで不満がない？」

どうして許してくれないんだろう。

どうしてそんな厳しい表情で、厳しい言葉で追いつめようとするんだろう。

まだ、頑張れるのに。

悠には、甘いお菓子を齧《かじ》るささやかな幸福がある。

何も持っていない自分の日常に絶望することなく、まだしばらく頑張れるのに。

「でも、俺は………っ」

ずっと堪《こら》えてきた言葉を、ここで取り零《こぼ》してはいけないと思った。

ずっと我慢してきたのだ。よりにもよって、浅羽の前で泣いてはいけないと思った。

だけど、どうしてか今はもう、その我慢がきかなかった。

「俺は、もう誰かに嫌われたり、一人になって寂しい思いをするのは、イヤなんです」

そう叫んだ途端、どっと新しい涙が溢れた。

そして涙と一緒に堪えていた、素直な気持ちが零れ落ちる。

「泥棒だって誤解されたとき、すごく嫌だった。本当は怒りたかった。だって俺、俺、お金なんか盗ってない。生活がどんなにつらくたって、そんなこと絶対にしないよ……っ‼」

それなのに、店長たちは分かってくれなかった。頭から悠が犯人だと決め付けていた。だからと言ってあそこで怒って、店長や他のスタッフに嫌われてしまうのは嫌だった。今なら、多少風当たりが強くても、店から放り出されることはない。

叔父の家にいたときも、悠はいつも息を潜めるようにして暮らしていた。ささやかな自己主張もしなかった。そうすれば、居候という立場にあって、疎《うと》まれはしても、叔父一家に嫌われたり、追い出されたりすることはないと思った。

結局、叔父にそれ以上の迷惑をかけるのが嫌で自立を選んだときも、本当は一人になることが寂しくて寂しくて堪《たま》らなかった。

「制服を着た、俺と同い年くらいの子を見て、何で俺だけ、なんで、なんでって、思うのも、毎日仕事があって、嫌なことがいっぱいあって、だけどそんなの、他の誰かに嫌われる、寂しいことに較べたら……」

だから、泥棒だと誤解されたって怒れない。

怒って、誰かに嫌われたくない。拒否されたくない。寂しい気持ちになりたくない。

つらいことも、寂しいことも、泣かずに堪える。

日常のつらさから、目を逸らす方法ならもう知ってる。初めて仕事を終えて、板チョコを二枚齧ったあの夜から、悠はそうやって自分を宥《なだ》めてきた。

家族もおらず、たった一人で、誰にも好きになってはもらえないと分かっているから。

それでもどうしようもなく愛情に飢えた自分を、甘いお菓子でごまかしてきたのだ。

そうしなければ、一歩だって前に歩けなかった。

悠は時間が分からなくなるほど、泣きじゃくった。

自分自身ですら、何度も堪えて、拒絶し続けた涙なのに、浅羽は悠を優しく抱き締めてくれた。

温かい腕の中で、隠し続けていた気持ちを涙で洗い流して、心を休めて。それからしばらくして、悠は我に返った。

指から紐《ひも》がすり抜けた風船を追うように顔を上げると、浅羽も悠を見ていた。

「…………ご、ごめんなさい」

真っ赤になって、手の甲で濡《ぬ》れた目を拭《ぬぐ》った途端、なぜかいきなり、浅羽に頬《ほお》をつねられてしまう。

手加減なしの浅羽の行動に、悠は驚いた。ひゃーっ！　と悲鳴を上げて、ソファから転がり落ちる。頬を押さえて浅羽に猛抗議した。

「い、痛いですっ！」

「なんだ、怒るんじゃないか」

浅羽はなんの悪気もなさそうに、肩を竦めて悠を見下ろす。

「いっ、痛かったら、怒ります！」

「そう。じゃあ心が痛いときも、同じように怒ってみたらいい」

浅羽は優しい仕草で、床に座り込む悠の髪を撫でた。

体のてっぺんを撫でられると、自分の丸ごと全部を肯定されているような気がする。

「世の中は、君みたいな子が生きていくのは本当に難しい。悲しいくらい難しいよ」

手のひらの温かさとは裏腹に、浅羽の声は、本当に悲しそうだった。

「だけどそんな社会の一部分を作っているのが俺みたいな大人なんだ。それに俺は、多分君が思ってるほど善人じゃないかもしれない」

「…………」

「だから、腹が立ったら我慢せずに俺に全部ぶつけて怒ってごらん。それからもう一度頑張ってごらん」

ひくっと喉が震えた。

散々泣いて、鼻がつまって息が苦しい。

呼吸の度に鼻水が零れるのを、浅羽がティッシュで拭《ふ》き取ってくれる。

大きな手のなすがままになることが、少し恥ずかしかったけれど、それは抗《あらが》い難いほどに心地よかった。泣き顔を笑われても、ずっとずっとその人の腕の中にいたい。そんなふうに思ってしまうくらいに。

「俺、浅羽さんに初めて会ったとき、月を見てました」

半年前、出会った夜のことを、悠はふと思い出した。

「このまま歩いたら、月まで行けそうだって思ってた。苦しいことは、全部足元に下ろして、あのきれいなところに行きたいなって」

あの時の感情が、今は遠い。

浅羽がただ冗談混じりに、頬をつねって自分に怒ればいいと言ってくれた。

たったそれだけで、生きにくいと思えた世の中が、希望に満ちた、輝かしいものに思える。

「俺、浅羽さんにはやっぱり怒れない。だって浅羽さんのこと、すごく好きだから」

浅羽は黙っていた。黙ったまま、悠を床から抱き上げて、膝の上に乗せてくれる。

子供にするような扱いだが、悠は抵抗することなく、彼にされるままでいた。

「すごく好きです。一緒にいたら、いっつもやわらかくて、ふわふわのあったかい気持ちに

なって」

縮こまった体と心が解けていく。

浅羽のシャツからは、乾いた匂いがした。

浅羽の匂いだ。くん、と鼻を鳴らして、悠は目を閉じる。

ともすれば、逸《はや》るような自分の気持ちを、悠は懸命に言葉にした。

「あんまんみたい……」

「……もう少し色気のある喩えだと嬉しいんだけどなあ」

その声を聞きながら、悠は目を閉じる。

目蓋《まぶた》が腫《は》れぼったく、目の奥がじんと痺《しび》れて、もう一度目を開けるのが酷く億劫《おっくう》に思えた。

「……ごめん……ごめんな」

ごめん。抱き締められて、ぽつんとそんな言葉が落ちてきた。

短い言葉のその意味が、今の悠にはよく分からない。ただ、額に寄せられた柔らかな温もりが、とても気持ちいい。

緩《ゆる》やかに落ちた眠りは、とても穏やかで優しくて、まるで月光に包まれているかのようだった。

周囲がぼんやりと明るい。

目を開けると、朝陽《あさひ》がブラインドに真横に切り刻まれ、グレイのフェルトが敷かれた床に光の縞《しま》模様が浮かんでいるのが見えた。

ソファの上でのろのろと体を起こすと、肩にかけられたスーツの上着がするりと落ちた。

見慣れないオフィスを見回し、すぐ自分の状況を思い出す。

ひゃっと喉の奥で悲鳴がする。

浅羽はソファに座り、腕を組んで眠っていた。悠はその膝に頭を置いて寝ていたのだ。

同時に、美形は寝顔も綺麗なんだとおかしなところで感心してしまう。

派手に狼狽《ろうばい》する気配に、浅羽も目を覚ましたようだ。

「おはよう。気分は？」

寝起きとは到底思えない、爽やかな笑顔で笑いかけられて、悠は真っ赤になった。

食事に行く約束だったのに、べそをかいて泣き言を言って、結局一晩中こうして傍にいてもらったのだ。

「ごめんなさい、俺、寝ちゃって浅羽さんの上着までかけてもらって」

「いや、俺も久しぶりによく寝たよ。温かくて気持ちよかった」

浅羽は長い腕を伸ばし、ぐんと伸びをした。

そして両手のひらで悠のほっぺたを押し包むと、検分するように顔を覗き込む。

悠はなんとなく、赤くなってしまう。

「あーあ、目が腫れちゃってるなあ。ちょっと泣かせすぎたかな」

目が腫れて、頬には乾いた涙がこびりついているだろうし、髪もぼさぼさだ。

さぞ小汚いだろうに、こんなに傍にいて、浅羽は嫌な顔一つしなかった。

「階下にカフェがあるから朝飯食いに行こうか。柔らかいパンケーキとオムレツを焼いてもらって、カフェ・オレでも飲んだら目が覚めるよ」

朝陽の中でそうやって笑ってもらえると、まるで昨日の出来事がすべて夢のように思えた。

「お食事なら、デリバリーになさって下さいな、先生」

女性の声に、悠は驚いて振り返った。

入口に立っているのは、背の高い女性だった。浅羽より、三つか四つ年上だろうか。大変な美人だ。紺色のパンツスーツを着こなし、髪はすっきりとアップにしている。

「お泊りになったんですか？　お仕事熱心はけっこうですけれど、少しお体のことも考えて下さい」

「どうしても終わらせておきたい仕事があったんだ。睡眠はちゃんと取ったよ」

「月曜日に調停がある旭区森倉邸《あさひくもりくら》の抵当権のことですか？　司法書士の田辺《たなべ》先生からの資料、目を通していただけました？」

「ごめん、それは今からです。悪かったね、土曜日で休日なのに君まで付き合わせて」

「どういたしまして。提出書類は法務局に明後日朝イチですから、急いで下さい。間に合わなかったら不戦敗ですよ」

替えのシャツやネクタイを手渡す彼女に手加減なく追い回されて、浅羽は分かった、分かったと自分のデスクの方へと入って行った。

ああ、そうだとパーテーションからひょいと顔を覗かせる。

「その子の朝飯と、飲み物を頼むよ」

彼女はローズピンクに塗られた唇にさばさばとした微笑を浮かべた。

「ごめんなさいね、朝からばたばたして」

「こっちこそ、お邪魔してすみません」

悠は落ちつきなく、ペコリと頭を下げた。

「どういたしまして。ところであなたは？　先生のお友達にしては、少し歳が離れてるみたいね」

「俺は、あの、ただの知り合いです」

それから、悠は思い切って彼女に尋ねてみた。

「あの、浅羽さん……浅羽先生って、忙しいんですか？」

「そりゃあもう、忙しいったらないわよ。寝てる暇もないくらい。いわゆる売れっ子弁護士だものね」

彼女は届いていたFAXの用紙を分別しながら悠に答える。

「法律事務所は基本的に若い先生のところはあまりはやらないんだけど、先生はもともと有名な法律事務所のご出身で、その上、ああ見えてお仕事の手抜きは一切できない人だから」

わりと不器用なのかしらねと彼女は笑う。

物言いは厳しいが、浅羽への尊敬がはっきりと感じとれる。浅羽が弁護士としていかに有能であるのか、悠も理解できた。

浅羽はシャツとネクタイを替えて、自分のデスクに座っていた。

颯爽《さっそう》とした様子でファイルを開き、コンピューターのデータと突合《とつごう》している。

電話が入ると受話器を肩に挟んで手早く応対し、難しそうな法律用語を駆使する。完全に仕事モードなのだろう。その眼差しはごく真剣だ。

「それに女性のクライアントからの支持は絶大。ああしてると、やっぱり格好いいものね」

それから彼女は踵を返す。

「さあ、あなたには熱いコーヒーか紅茶でも淹れましょうか？　先生は朝はいつもカフェ・オレにされるのよ」

「ええと…………じゃあ同じものを」

「それとホットタオルね」

悠の目が腫れていることをからかって、彼女は給湯室に立ち去った。

オフィスに浅羽と二人きりになり、悠は朝の光の中にいる浅羽の横顔を眺めている。

浅羽を独り占めしていることに、頬が温かくなるような幸福を感じた。

――ごめんな。

ふと思い出した。昨晩、そんな呟きを聞いたような気がする。

けれど、やはり気のせいだと思う。

浅羽が悠に謝らなければならない理由なんて、ないはずだ。

浅羽はモニターに顔を向けたまま、口を開いた。

「どうした？　ぼうっとして」

仕事をしながらも、悠の様子をきちんと窺っていたらしい。

「まだ眠り足りないかな。午前中は来客もないし、そこでもう少し眠っていくといいよ」

「いいえ、すごくよく眠れました」

「ああ、それはよかった。枕になった甲斐があるよ」

浅羽は苦笑いしている。

それから悠は赤面した。悠はともかく、一晩、枕代わりにされた浅羽は熟睡なんかできなかったに違いないのだ。

「ありがとうございます。あの、今度機会があったら、俺が浅羽さんに膝枕しますね」

精一杯のお礼を口にしたつもりだったが、浅羽はまた、困ったように微笑《ほほえ》んだ。


翌々日も、冷え込みはいっそう厳しく、入口の自動ドアが開く度に、凍えるような風が店内に吹き込んだ。

寒々しい店内には、客もスタッフもまばらだ。

今日は、店長は欠勤だった。

泥棒と疑われたトラブルの後でも、仕事だけはきっちりやろうと心構えしていたが、店長と顔を合わせずに済んだのは内心ほっとした。

そして仕事を終えた後、悠は大きく膨らんだビニール袋を片手に、浅羽のオフィスが入っているビルの前をうろうろと歩き回っていた。

見上げれば、オフィスには灯《あか》りがついている。浅羽は今日も、忙しく仕事をしているのだろう。

びゅうと吹き荒ぶ強い風の中、マフラーに顎《あご》を埋《うず》めて、悠は手に提《さ》げたビニール袋を見下ろす。

その中には、お菓子がはみ出しそうなくらいぎっしりとつまっている。

もちろん店でロスした分などではなく、悠がきちんとレジでお金を支払って買ったものだ。

鮭《さけ》とおかかのおにぎりや、チーズ風味のスナック菓子、チョコクリームが挟まったパンや、キャラメルと蜂蜜《はちみつ》色のキャンディ。

それから、遊園地を見に連れて行ってもらったときに浅羽がおいしいと言っていたチョコレートは二箱入れておいた。

できたら直接手渡して、浅羽の顔を見たい。

だけど、ただでさえ先日、一晩かけて仕事の邪魔をしたのだ。

これ以上迷惑をかけるわけにはいかない。

それに、浅羽に会えるのは、金曜日の夜だけだと悠は弁《わきま》えていた。

散々悩んだ挙句、悠は浅羽の事務所がある三階まで階段を上った。法律事務所の表示が出された扉の前で、またしばらくうろうろとしてしまったが、思い切って袋をドアのレバーハンドルに引っ掛けた。

こうしておけば、帰り際に鍵をかけるときに気付いてくれるだろう。

浅羽にとっては益体《やくたい》のないお菓子かもしれないが、それらはすべて、悠にとってはおいしく大切な宝物ばかりだった。

だから、浅羽も喜んでくれたらいいなと、心から思った。

悠は軽い足取りで階段を駆け下り、ビルの真下に出て、もう一度オフィスを振り返る。

猟師に木の実を運ぶ童話のこぎつねのように、悠は真冬の夜の街を駆けて行った。


翌週の金曜日、仕事が終わった後、いつもの待ち合わせ場所に行くと、どうしてか浅羽の秘書がやって来た。

浅羽は今日は急用が入って食事には行けない、と告げられた。

「急な出張に出られてるの。数日、こちらには戻れないと思うわ」

話に聞いていた通り、相当多忙であることが改めて悠にも分かった。わざわざ伝言を届けてくれた彼女にはきちんとお礼を言った。

待ち合わせをキャンセルされるのは初めてだったし、浅羽の顔が見られないことに悠はがっかりしたが、その分、次の金曜日への期待が膨らんだ。

もしも来週が駄目でも、また次の週に会える。浅羽に会えるなら、何週間でも待っていられる。

翌週、どきどきしながら待ち合わせ場所に向かうと、浅羽はちゃんと悠を迎えに来てくれた。

連れて行かれたのは、フレンチレストランだ。

これまで浅羽は、肩肘《かたひじ》の張らないラーメン屋から、格式の高い料亭まで、様々な場所に悠を連れ出してくれたが、今日はいっそう豪華な店だ。

上部がアーチ型をしたテラス窓が、長い廊下に延々と続く。その向こうにはスペイン様式に手入れされた庭園がライトアップされていた。

給仕たちがすれ違う度に静かに浅羽に目礼する。浅羽は鷹揚《おうよう》に頷《うなず》き、それに応じる。ここでも浅羽は上客であるらしい。

途中のテーブル席に、知り合いが居合わせて、浅羽は優雅な仕草で握手を交わす。

悠は半ば夢見心地で浅羽の後ろを歩き、やがてテラスに面した席に着いた。

いつもは車を運転する浅羽が、珍しく食前酒やワインを頼んだ。

「今日はタクシーを使うよ。もう一台呼んでおくから、君はそれに乗って帰るといい」

つまり、今日は帰りはばらばらに帰宅するということだ。

いつもなら、浅羽の車でアパートのすぐ傍まで送ってもらう。ぎりぎりまで一緒にいられる。だけど、今日はそうじゃなくて、このレストランで別れるらしい。

それはささやかな異変に過ぎなかったし、悠は二週間ぶりに浅羽に会えたことで、すっかり浮かれて、舞い上がっていた。

　コース料理が始まって、豪華な料理が運び込まれても、浅羽はなにか思案しているような表情で、赤ワインだけを口にしていた。

　給仕に教えられた通りにカトラリーを使い、一品一品丁寧に説明される料理を悠は堪能《たんのう》した。

　四皿目の海鮮料理はトマトソースで煮込まれたヤリイカだ。

「浅羽さん、今週もやっぱり、忙しかったですか？」

　浅羽がはっと我に返ったように、顔を上げる。

「――ごめん、聞き逃した」

「あの、先週は忙しそうだったから」

「ああ……、急な依頼があって、京都に行ってたんだ。約束を破って悪かった」

「浅羽さんは、本当にすごいですね」

　柔らかいイカの身にたっぷり齧りつき、悠は浅羽に笑いかける。

　素直に、尊敬の言葉を口にした。

「前に、浅羽さんの秘書の方とお話ししたんです。まだ若いのに売れっ子で、前は都内の大きな事務所にいたって」

　浅羽の前歴を口にした途端、彼はワイングラスに伸ばした指を、ぴたりと止めた。

「——彼女は、他に何か話した？」

「いいえ、詳しいことは特に。話したのはそれくらいです」

「そう」

浅羽は短く答えて、ワインを口にする。

そう言えば、この前、浅羽のオフィスに届けたお菓子のことに、浅羽は気付いてくれただろうか？

お菓子を食べてくれただろうか？

おずおずながらそれを尋ねようと顔を上げると、浅羽も悠を見つめていた。

目が合ったことが嬉しくて、悠はにこにこと笑顔を作った。

「ずっと考えてたんだけど」

店内には四重奏が流れていた。悠は浅羽の声に耳を澄ませる。

浅羽の言葉なら、なんでも嬉しい。浅羽の声をたくさん聞きたい。

浅羽はごく冷静な表情で口を開いた。

「君と、こんな風に会うのを、もうやめようかと思うんだ」

悠はその言葉の意味がしばらく分からなかった。

ただしばらく、大好きな人を見る笑顔のまま、浅羽の顔を見つめていた。そして、彼が何を言わんとするか気付いた途端、ゆっくりと血の気が引いた。

浅羽はカトラリーを皿に置いた。背筋を伸ばし、居住まいを正す。

「偶然出会って、君とこういう形で会い始めて、もう半年になる。もしかしたら君の方も、色んなことに気付いているかもしれないけど」

浅羽の言葉の半分も、悠は耳に入ってはいなかった。貧血を起こしたようにぐらぐらと足元が揺れて、真っ直ぐに座っているだけでも精一杯だったのだ。

「君に、きちんと話しておかないといけないことがあるんだ」

悠は顔を上げることができなかった。

どきん、どきんと胸が激しく疼《うず》く。

何かを言いかけて口を開いた浅羽は、はっとしたように上着の内ポケットに手を伸ばした。

マナーモードにしていた携帯電話に着信があったらしい、表示を確認して眉を顰めた。クライアントから急な連絡らしい。

「悪い。少しだけ失礼するよ」

席を立つ浅羽に、はい、と答えられたかどうかは、憶えていない。

――こんな風に会うのを、もうやめようかと思うんだ――

どうしてだろう。

どうしてこんなに突然なんだろう。

もう会えないって、どうしてなんだろう。

仕事がそんなにも、忙しいのだろうか。

だけど、浅羽にもう会えないなんて、嫌だ。そう思った瞬間、はっと息をつめる。

真正面の大窓に、豪奢《ごうしゃ》な店内にいる悠の姿が映っていた。

悠は愕然《がくぜん》とした。

——なんてみっともないんだろう。

着ているジーンズにセーターは、しっかり洗濯してあるし、悠なりに精一杯のきちんとした格好だと思っていた。

浅羽はいつでも、どんな店に行っても、悠を自分の連れとして丁重に扱ってくれる。嫌な目にあったことは一度もない。

けれどやはり、この店にも、浅羽の傍にいるにも、悠は相応しくない。

こんなにみっともない、みすぼらしい子供が当たり前のように後から着いて来る。浅羽はどんなに恥ずかしかっただろう。

自分の立場は弁えているつもりだったのに、悠はいつの間にか浅羽に甘えきって、すっかり懐いていた。

悠は、浅羽を困らせていたのだ。

浅羽は悠の身の上を知っている。優しくて、本当の意味で大人である浅羽は、それを突き放せなかったのだろう。

今週は忙しかったかなんて能天気に尋ねて、バカとしか言いようがない。

世間知らずで厚かましい子供だと、浅羽が呆れても当たり前だ。

分かっていても、もしも浅羽に言葉でそう告げられたら、胸の内側から、体がばらばらに壊れてしまいそうだった。浅羽が戻る気配はまだない。つらい言葉を聞かされる前に、先に消えてしまいたい。

傍を通りかかった給仕に頼んで、ボールペンとメモ用紙を借りた。浅羽が戻らないうちにと、震える手で大急ぎで一文を記す。

『お話は分かりました。もう浅羽さんにはお会いしません』

それから薄い財布の中から、ありったけの金を出し、メモの上に置いた。

もうお会いしません。

自分が書いた文字なのに、ぞっとするほど恐ろしく感じた。

立ち上がって、数歩退いて、浅羽が不在の席を見て、涙が出そうになる。

でも泣くな。

今は泣くな。

忙しく立ち働く給仕や、美食を口にして満足そうに笑う客。煌《きら》びやかで暖かい場所から、悠は逃げ出した。

浅羽との約束を失《な》くしてからも、悠の生活は流れていく。

レストランで別れを告げてからしばらくは、アパートに帰って、毎晩泣いて、泣いて過ごした。

けれど、悠は仕事を休まなかった。そして仕事が終わった帰り際には、必ずコンビニのビニール袋にお菓子をつめる。

かぼちゃのプリンと、チョコレート、キャンディ。ピーナッツバターをたっぷりと挟んだ甘いパン。

浅羽に突然会えなくなったことは、死ぬほど悲しかった。

けれど、今まで浅羽に優しくしてもらえたことがどれだけ嬉しかったか、どれだけ幸福だったか、そのありったけの気持ちを、浅羽に伝えたい。

悠は毎日毎日、浅羽のオフィスに向かった。

一度は、袋をドアレバーにかけようとした途端、扉が開いて、悠は脱兎《だっと》のように階段を駆け上った。

気配を消して、手すりの陰からそっと階下の様子を窺うと、秘書の女性にコートを着せかけられながら、浅羽が出て来た。

浅羽はこれまで悠が見たこともないような厳しい表情で何か指示を出し、足早に階段を下りて行く。

螺旋状《らせんじょう》になった階段の階下を覗き込み、悠は視線で浅羽の後ろ姿を追った。

彼が着ているキャメルのコートの裾さえもう見えなくなると、声をかけられない寂しさともどかしさに、涙と嗚咽が止まらなくなる。悠は踊り場にしゃがみ込んだまましばらく立ち上がることができなかった。

浅羽に会いたい。

浅羽に会いたい。

もうお菓子ではごまかしきれない。

自分がどんなに浅羽を慕っていたか、離れてみて、嫌というほど思い知らされた。

悠は恋愛をしたことがなかったけれど、こんなに胸が痛いくらい、切なく人を慕う気持ちは、恋と呼ばれるものに似ていると思う。

子供っぽい、そんな疑問に答えてくれる人はもう、悠の傍にはいない。

店長の欠勤はなんと三週間近くも続いた。

久しぶりに顔を合わせたとき、どうしてか、酷くやつれているように思えた。ずいぶん大儀そうな仕草で、丸イスに腰掛ける。

「悠君、明日はオフだよね」

「はい、お休みをもらってます」

店長の浮かない顔に、悠は急いで言葉を継いだ。

「人手が足りないなら、出て来ます。深夜勤務も入らせて下さい」

ただでさえ緊張感に欠ける店内だったが、店のリーダーの長期不在で今や壊滅状態だ。

「いや、そういうことじゃなくてさ」

何か、そわそわと落ち着きがない。

「この前のレジの精算のことなんだけど」

悠は息を飲み、俯いてしまう。もしかしたら、あの疑いがまだ晴れていなかったのかと怖くなってしまった。

「あれは悪かったね。きちんと確認もしないで、君ばっかり責め立ててさ」

いいえ、と悠は自分が頭を下げる。

心底ほっとしてしまった。もう疑われていないのだと思うと、いっそ有り難いと思えるくらいだった。

「うん、それでね、君が真面目でいい子なのは本当は分かってるんだけどさ」

「何か、問題がありましたか？　言ってもらえたら、きちんと注意しながら仕事します」

店長はどこか虚《うつ》ろな、遠い目をしていた。

「いや、……それがさ、本当に言いにくいんだけど」

その時、入口の自動ドアが開いた。

昼食を買いに来たらしいサラリーマンやOLで、店はあっという間に忙しくなる。

「話はまあ、後で。まずは仕事、仕事」

悠の肩をぽんぽんと叩いて、慌《あわた》だしくバックルームに入って行った。

店長の素振りに、不自然な、不穏な気配を感じた。

けれど、明日はオフでゆっくりと休めるから今日はしっかり働こう。

それに、今日は仕事の帰りに、浅羽になんのお菓子を持って行こうか。

そんなことばかり考えていたので、店長の挙動不審の理由に気付いたのは、翌々日に出勤したときだった。

その日は朝から雨降りで、悠は傘を差していつもの通勤路を歩いていた。

顔を上げて、悠はふと異変に気付いた。

店舗の中の照明がついておらず、あまつさえシャッターが中途半端に下ろされている。

悠は不審に思いながら裏口に回った。背伸びをして窓から覗いた店舗の中は、商品はそのまま置かれているものの、完全に無人だった。

いつもは誰かたむろして、休憩を取っているはずの裏口には鍵がかかり、人影はなかった。

「ここのコンビニのご一家ねえ、一昨日《おととい》夜逃げしちゃったみたいよ」

再び表に戻ると傍の歩道で何人かの主婦が立ち話をしていた。マンションの上階の住人らしい。

「経営難でもう限界だったみたい。駅も近いしマンションの階下で立地はそれほど悪くなかったのに、夜逃げなんてねえ」

夜逃げ。

店長が一昨日、悠に言おうとしていたのは、このことだったのだろう。

足元がぐらぐらと揺れる。

悠はしばらく、一年近く勤めたコンビニの前で立ち尽くした。

それからもと来た道を、ふらふらと歩き始めた。


びしょ濡れになりながら、悠は自分のアパートに帰っていった。

ぼうっと考え事をしていたから、傘を差すのも忘れて全身びしょびしょだ。

これからいったいどうしたらいいんだろう。

次の仕事が見付かるまで、微々たる額の貯金を崩していくしかない。

学校に行くのだと、ささやかな夢を持っていたところだったが、とてもではないがそれどころではなくなった。

せっかく手にしかけた将来への夢は、がらがらと崩れ落ちてしまった。

家賃も、明後日《あさって》に入るはずだった給料をあてにしていた。家賃が払えなくなったらいったいどうなるんだろう。

このアパートを追い出されるんだろうか。そうしたら、いったいどこに行けばいいんだろう。

叔父の家には戻れない。叔父の家の平穏を、今更また、壊したくない。

そして、悠にはもっと不安なことがあった。

もう、浅羽にお菓子を持って行けない。

こんな逼迫《ひっぱく》した状況の中で、それはずいぶん暢気な悩みかもしれないのに、悠は絶望的な気持ちでいた。

——どうしよう。

浅羽の近くに、もう行くことができない。

戸外にむき出しの階段を一番上まで上ったときに、眩暈《めまい》がして足元がぐらりと揺れた。落ちる。手すりに手を伸ばした。その瞬間をスローモーションのように覚えている。手すりのはがれたペンキ。錆《さ》びてむき出しになった鉄筋。鈍《にび》色の空。

しかし手すりに指は届かなかった。

足が階段から離れる頼りない感覚に続き、がつん、がつん、と何度か後頭部を打ちつけて、その後で全身が地面に叩きつけられる。

ぼんやりと目を開けると、空から降り頻《しき》る雨は、いつの間にか、粉砂糖のような雪に変わっていた。

——死ぬのかな——

それでも、いい。

だけど、もう一度でいいから。もう一度だけでいいから。浅羽にお菓子を持って行きたいなと思った。

最後にもう一度、浅羽に会いたかった。

目を覚ますと、悠は見知らぬ部屋のベッドで眠っていた。

青と白で清潔に整えられたシンプルな部屋。サイズの合わない水色のパジャマを布地に溺《おぼ》れるように着せられている。群青《ぐんじょう》色のカーテンの向こうからは、満月には少し足りない月が覗いていた。

「悠君」

聞き覚えがある声を聞いて、悠はぼんやりと視界を巡らせる。

ベッドサイドには、浅羽が立っていた。ネクタイを締め、シャツの袖を全部捲《まく》り上げて、濡れたタオルを悠の額に押し当ててくれる。

「まだ動くなよ。頭を打って脳震盪《のうしんとう》を起こしている。雨に濡れた上に雪に降られて、体もずいぶん冷やしてた。往診の医者は大丈夫だって言ってたけど、もう少し様子を見よう」

最初は夢かと思った。

もう会えないと言った人が、間近にいる。

そうして、悠の髪に触れ、悠の心配をしてくれている。

「…………浅羽さん」

ここは浅羽の部屋らしい。事務所ではなく、住んでいるマンションの寝室のようだ。

「君が働いていたコンビニが潰れたって、たまたま通りがかったうちの秘書が気付いたんだ。俺も急いでコンビニに行ってみたけど、君どころか店長もスタッフもいないし、正直焦《あせ》ったよ」

「でも、俺、浅羽さんにバイトしてるお店の場所、言ってない……」

「ごめんな、深夜勤務をしてるのを知ってから、店での君の扱いがどうしても気になって調べさせてもらった。君くらいの年齢の子が働いてる職場を突き止めるのは、それほど難しくないんだ」

どうしてわざわざ、悠の居場所を探してくれたんだろう。コンビニが潰れて、悠の心配をしてくれたというんだろうか。

いつも食事の後に送り届けてもらう交差点からアパートはそう遠くないから、住所はすぐに分かっただろう。

悠を捜し、アパートの階段の下に転がっているのを見つけて、この部屋に連れて来てくれた。

「悠君？」

けれど悠は浅羽の手を振り払うと、直ぐにベッドを飛び降りた。

「イヤ、………イヤ」

「こら、待ちなさい！」

押し留《とど》めようとする浅羽の指が頰をかすめて、冷や汗が出た。

この部屋から、出なければならない。

浅羽の傍から離れなければならない。

けれど頭がくらくらして、ベッドのすぐ傍らにへたり込んでしまう。

「来ないで下さいっ！」

「――悠君」

追って来た浅羽に、傍にあった、スリッパやクッションを手当たり次第に投げつけた。

「もう、かまわないで下さい。お願いだから、俺のことは、もう放っておいて下さい」

それでも力ずくで抱き締められて、悠は叫び声を上げた。

「怖いです。もう怖い」

無我夢中で、何度もその言葉を繰り返した。

「後になって、困るって言うんだったら……お願いです、今、いらないって言って下さい」

叔父はそうだった。コンビニの店長もそうだ。

最初はまだ、余裕のある、優しい顔をしていた気がする。

けれど悠は、結局叔父のもとからも、コンビニからも放り出された。

浅羽も、悠にはもう会えないと言った。

もし今また、同じことを言われたら。

悠は今度こそ、完全に壊れてしまう。

体も、心もだ。

「放して下さい、お願いだから放して……っ」

「落ち着きなさい、いい子だから。後頭部に怪我があるんだ。暴れるとよくない」

「やだ、やだやだ………、イヤ――………！」

パニック状態で泣き叫んでいる悠を根気強く抱き締めていた浅羽が、ふと耳元に唇を寄せた。

「お菓子、ありがとう」

悠ははっと息を飲んだ。

浅羽はいつもの、とても穏やかな優しい口調でもう一度繰り返す。

「嬉しかったよ。ありがとう」

お菓子、とは当然、悠が運び続けた益体もない駄菓子のことだ。

「………お菓子」

「そう、お菓子。君が毎日、俺に届けてくれたお菓子だ。おいしかったよ。本当にありがとう」

もしかしたら、食べてはもらえずに捨てられてしまったかと内心で思っていた。

けれど浅羽はちゃんとあのお菓子を受け取ってくれていた。そしてちゃんと、食べていてくれたのだ。

心が一気に安らかになって、体中から、力が抜けていく。もう抵抗することを忘れて、ぽろぽろと涙を零す悠を、浅羽は抱き上げ、ベッドに座らせる。その傍らに腰掛け、悠の手を取った。

「ごめん。君がレストランで姿を消したあの日から、ずっと君に、もう一度連絡を取ろうと思ってた」

短い沈黙があった。

「だけど、悩んだ。君が残したあのメモを見て、君が俺の正体に気付いて、君をまた、怖がらせたんじゃないかと思った」

「……正体？」

悠は目を上げ、首を傾げた。

意味がよく分からない。

「また、怖がらせたんじゃないかって………？」

「俺のことは、もう憶えてないかな」

浅羽は言葉を選ぶように、慎重に話し続ける。

「もう三年ほど前だ。俺は一度だけ、君に会ったことがある」

「………え？」

「坂井《さかい》っていう名前の弁護士に聞き覚えがあるんじゃないかな。いや………もう元・弁護士になる」

悠は驚いた。坂井は、叔父のもとにやって来た、あの弁護士だ。

加害者の味方をして、叔父に大金を支払わせた男だった。

「坂井は最初に、補佐として部下の男を何人か、連れていたはずだ」

悠はぼんやりと思い出していた。

叔父の家の、広くない居間だったろうか。

悠は襖《ふすま》の傍に立ち、大人の会話に聞き入っていた。まだ事故で負った怪我に包帯を巻いていたかもしれない。

坂井は快活な様子で叔父たちに挨拶《あいさつ》をしていた。

その後ろに、確か、部下だという男たちがいた。ずいぶん若い弁護士もいたように思う。

「その一人が俺だ。弁護士になって一年目だった。都内でも大手だって言われてる法律事務所に就職して、そこで上司になったのが坂井だった。当時の俺から見たら、やり手のベテラン弁護士だった」

坂井には過去に様々な華々しい実績があった。浅羽も最初は上司として尊敬していたそうだ。

しかし、敏腕弁護士と知られる一方で坂井はあやしげな投資に手を出していた。後の調査では相当額の借金を作っていたことが判明した。

弁護士という立場を利用し、不当な慰謝料の請求をしてマージンを受け取っては、借金返済のための小遣い稼ぎをしていた。

法律に無知な人間は坂井にとっては格好の餌食《えじき》だったろう。つまり、叔父は運悪く詐欺《さぎ》にあったようなものなのだ。

「君のご両親の事件で、君の叔父さんに対しても、同じようなことをしてたんじゃないかと思う。いや、多分してたんだろう」

自分がいいように案件を操作するため、坂井は簡単な手続きだけだからと、浅羽を含む補佐をすべて外した。

だけど、そんな悪事が長く続けられるはずがない。

「同じような手口が発覚して、坂井は詐欺や横領《おうりょう》の疑いで逮捕されて、起訴されてる」

そしてどんなに大きな事務所でも、弁護士に犯罪者が出たら一巻の終わりだ。浅羽が所属していた事務所は解散の憂《う》き目にあった。

それが、浅羽が若くして自分の法律事務所を構えることになった経緯だ。

「事務所が軌道に乗って、どうにか順調に自分の足場を築いて――なんとか、最初の就職に失敗した痛手を乗り越えられたと思った。だけど、違ったんだ。あの満月の夜、君に会って俺は、すぐに自分がとんでもない無責任を働いたことに気付いた」

浅羽は悠を見て、坂井と自分が関わった事件の関係者だと気付いた。

「襖の傍に立って、ご両親の事故の話だからって分からないなりに一生懸命、俺たちの会話を聞いてた。あの子だと、すぐに分かったよ」

その子供が、相変わらずみっともないなりで、道路に尻餅をつき、プリンが駄目になったとがっかりする。

あの時、悠は今より痩《や》せていたし、浅羽にも怯えた表情を見せたはずだ。弁護士だけじゃなく、多分、すべての他人に怯えていた。

「俺は、自分のことで手一杯で、坂井の犠牲になった誰かのことを考えることができなかった。坂井の言葉を鵜呑《うの》みにせずに、補佐から外れなければ、少なくとも君のご両親の件では、あんな結果にならなかったかもしれない」

以前に浅羽が言っていた、大人になってからの失敗とはこのことだったのだろうか。

悠が非力で何も持たない身の上でいる、その原因の一端に責任を感じてくれていたのだろうか。

「本当にすまないと思う。俺には、君を助けられる機会があったはずなのに。何もしてやれなかった」

「…………」

「君に会う度に思ってた。俺が君に何をしたか、何をしてやれなかったか、今すぐに話すべきだといつも思ってた。だけど、できなかった」

悠の頭を撫でる指先に、かすかに力が籠《こも》った気がした。

「君に糾弾《きゅうだん》されるのが怖かったのかもしれない。君に話して嫌われるのが怖かった」

浅羽は、悠の肩を摑むと、体を向き合わせる。彼は真剣だった。

「今からでもいい。何か罪滅ぼしができるなら、なんでもさせて欲しい。坂井を訴えることもできる。コンビニの店長を捜し出して責任を追及することもできる。全部、俺に任せてくれたらいい」

浅羽はふと、何かを思い出したように悠の指を取った。

「泣いてる小さな子供をあやすとき、甘いお菓子を食べさせると泣き止《や》むだろう？」

悠は頷いた。

悠の周りに小さな子供はいないが、そんな話を聞いたことがある。

「君がお菓子を好きでいる理由がそれと同じなら、俺は二度と、君にチョコレートやプリンは食べさせたくない。そんな方法じゃなくて、俺にできる方法で君に償いたい。自分を含め、罪ある人間には贖罪《しょくざい》をさせる」

浅羽には、その力があるのだ。

度々お菓子を摘《つま》む悠の指をしっかりと握り締め、浅羽はそう言った。

悠が諾《だく》と言えば、浅羽は容赦なく今の言葉を実現するのだろう。

けれど、悠はかぶりを振った。

「いいです、もう……全部、終わったことだから」

悠はそう言って俯いた。

「もう、いいんです」

涙が、水色のパジャマの上にぽとりと落ちた。もう、過去のことは振り返りたくない。前だけ向いていたい。

何より、浅羽を責める気持ちなど何一つないのだと、分かってもらいたかった。

「浅羽さんが俺に優しくしてくれたのは――」

悠はゆっくりと浅羽を見上げる。

「俺が今、一人で暮らしてて、すごく貧乏なことに、責任を感じてたからですか？」

もしも浅羽の優しさの理由が、不幸な子供への同情ではなく、罪滅ぼしだとしたら、悠が浅羽に会う理由は、もうなくなってしまう。

悠は、今、過去のすべてはもう終わったことだと自分で言ったのだから。

罪滅ぼしはもう終わってしまったから、悠とはもう会ってはもらえないのだろうか。

ただ、それだけが不安だったのだ。

「俺が、お菓子ばっかり食べてたから、かまってくれたんですか……？」

「……それだけじゃないよ。もしそれだけなら、もっと早くに全部話してた」

「じゃあどうして？」

浅羽は珍しく、困ったような顔をする。

彼のそんな表情を見るのは初めてだと、悠はぼんやりと思った。

「月の下で再会した君は、とても可愛《かわい》かった。ものを大切そうに食べる表情も、困った顔も可愛かった。何より君が一人きりで守ってきた笑顔が愛《いと》しかった」

悠はよく分からずに首を傾げる。不思議な緊張感に、シーツを握り締めた。浅羽に伝える一言一言に精一杯の心を込める。

「でも俺、何も持ってないです。貧乏だし、浅羽さんに好かれるようなことは、何も」

「君は、俺にお菓子をくれたよ」

「あんなの……ただのお菓子です」

「でも、君が精一杯の生活の中でくれたお菓子だ。君のお気に入りの食べ物に、君の真心がつまってた」

悠の最初の贈り物。

声はかけずにただドアレバーに引っ掛けた、満杯のビニール袋を見て、浅羽は悠にすべてを伝えようと決めたのだそうだ。

「君は俺に君の精一杯をくれた。俺も君のために全力を尽くしたいと思う。君を守って、君が笑顔を見せてくれたら、それだけで俺は幸せになる」

顎を取られ、上向かされる。

「つまり、俺は君に恋してるんだ」

「こい……」

それが「恋」と気付いて、悠は真っ赤になった。

「お、俺は……あの」

よく分からないけれど。恋というものが、ちゃんとまだ分からないけれど。

ベッドに座り込んだまま、悠は一心に浅羽を見上げた。

「もう会えないって、言われたとき、心臓が潰れるかと、思った」

いっそう涙が溢れて、何度も何度も、しゃくり上げた。浅羽は静かに、辛抱強く悠の言葉を聞いてくれていた。

「浅羽さんの傍にはもういられないんだって思ったら、涙がたくさん出て、夜も眠れなかった」

また零れた涙が、悠の顎にかけた浅羽の指を濡らしていく。悠はびしょびしょの顔で、自分の気持ちを、ずっと伝えたかったたった一つの気持ちを口にした。

「浅羽さんのことが好きです。ご飯を食べさせてくれたからじゃないです。浅羽さんの近くにいたら、胸がどきどきして」

もっともっと。

ありったけの気持ちを伝えよう。

ビニール袋につめたお菓子よりも、もっともっと浅羽に捧《ささ》げたかった、聞いて欲しかった言葉。

——浅羽のことが好き。

「お菓子持って行くとき、ちょっとでも浅羽さんの近くに行けるのが、嬉しかった。遠くからでも、浅羽さんの顔が見れるかもしれないって、そればっかり思ってた」

悠ももう、自覚しているのだ。

慕うばかりでなく、これは恋という気持ちで好きなのだと。

悠の持っている言葉は少なくて、拙《つたな》くて、浅羽みたいに、上手く言葉にできない。

もどかしさに唇を嚙むと、浅羽はなぜか、ふっと口元に微笑を浮かべた。

「その気持ちは、たとえばあんまんが好きっていう気持ちとどっちが強い？」

悪戯《いたずら》っぽい口調での突飛な質問に、悠は内心首を傾げたが、それでも背筋を伸ばし、はっきりと答えた。

「浅羽さんの方が好きです」

そんなの、当然の話だ。

「プリンより？」

「プリンより好きです」

「チョコレートより？」

「チョ、チョコレートより、もっと好きです」

「……………じゃあ自信を持ってもよさそうだ」

浅羽が、悠の後頭部を大きな手のひらで包み込んだ。悠は上向かされ、浅羽の美貌《びぼう》が近付く。彼が幸せそうに微笑していたので、悠もつい、涙で濡れた唇を緩める。

柔らかに、唇が、重なった。

生まれて初めて交わした口付けは、今まで食べたどんなお菓子よりも甘くて、悠は蕩《とろ》けてしまいそうになった。


玄関で物音がしたので、悠は大急ぎでリビングを飛び出して、顔を覗かせた。

「お帰りなさい」

「なんだ、まだ起きてたのか」

悪戯っ子を叱るには甘すぎる表情で、浅羽はネクタイを緩める。仕事の後に残る緊張感が、彼の凜々しさをいっそう際立たせる。

浅羽の帰宅は、毎日遅い。

コンビニが潰れ、アパートの階段で頭を打った日——初めてキスした日から、悠はもう三日ほど、この浅羽の部屋に泊っている。

新しいバイト先を探そうと思うが、着替えも何もないので、ずっと浅羽のパジャマを借りたまま外出していない。

アパートに帰る、と言えばいいのだが、まだ後頭部に擦《す》り傷が残っているらしい。浅羽はそれを毎日確認してはまだ重症だから安静にしているようにと、固く悠に命じている。

「今日も忙しかったですか？」

「まあまあかな。明日はもう少し遅くなるかもしれない。先に眠っててていいよ」

左手でネクタイを解《ほど》きながら、身を屈《かが》め、悠のおでこに軽いキスをくれた。それから着替えのためにクローゼットがある寝室へ向かう。

悠は裸足のまま、ぺたぺたと彼を追った。

三日間、このマンションで、テレビを見たり、お菓子を食べたり、うたた寝をして過ごした。浅羽が深夜に帰って来たら、「お帰りなさい」と一言言って、寝室の窓際に置かれたダブルベッドの隅に潜り込む。

バスを終えたら浅羽も同じベッドに入るが、悠はすでに眠り込んでいるのが常だった。

ご主人様と暮らす、幸福なペットのような生活だ。

「おやすみなさい」

クローゼットの傍の灯りだけがつけられた薄暗い部屋で、悠は鼻先まで羽根布団を引き上げる。

おでこと頬には、何度かキスをもらっている。唇のキスは最初の一度きり。

なんとなく物足りない気がするけれど、それ以上のことを求める方法を、悠は知らない。

「あ…………」

窓の向こうから、何か優しい囁《ささや》きを聞いた気がして、悠は目を開け、体を起こした。

「浅羽さん、見て下さい。すごく綺麗」

着替えの最中《さいちゅう》の浅羽を、小声で呼んだ。

淡い色調に整えられた寝室は、深海みたいに静まり返っていた。ひと筋開いたカーテンの隙間《すきま》から、満月が覗いていたのだ。

「海の底にいるみたいです」

波間に見える地上に憧《あこが》れる人魚姫みたいに、カーテンから顔を覗かせて月を仰ぐ。ネクタイをシャツに引っ掛けた格好の浅羽は、こちらに近付くと、片膝だけベッドに乗り上げ、窓を見上げた。

浅羽と出会ってから何度目の満月なのか、悠は心の中で指を折って数える。

もう、八回目になります。

笑顔で浅羽に告げようと振り返ったその時、背後から、浅羽にカーテンごと抱き竦められた。

顎を取られ、上向かされて、唇を奪われる。

突然の情熱的な彼の振る舞いに、悠はただされるがままになっていた。

耳の奥がしんと静まり返る。

ずっと遠く離れた地上で、クラクションが長く音を引いて、かすれて消えた。

「ん、ん……っ、ふ…………」

口付けは深く、舌が入って来たときには、びっくりして体が竦んだが、いっそう深々と唇を重ねられ、悠の舌も搦《から》めとられる。

舌先を甘噛みされた途端、どうしてか、じんと膝の裏が痺れた。

「……、は、ぁ………っ」

飲みきれずに零した唾液で唇がとろとろになった頃に、ようやく解放された。

唇を塞《ふさ》がれていたから、鼓動ばかりでなく、呼吸が激しく乱れている。

浅羽は、どこか痛ましそうに、悠を見下ろしていた。

彼の親指が濡れた唇をゆっくりと辿《たど》る。またキスされるのかとぎゅうっと目を閉じたが、こつんと額をぶつけられた。

「……ごめん」

短く呟いて、浅羽はふいとベッドを下りた。背中を向けられ、悠は不安になる。

「浅羽さん」

「俺は、今日はソファで寝るよ。君はこのまま、ここでおやすみ」

そう言って、部屋から立ち去ろうとする。

どうして？　何か怒らせるようなことをしただろうか。

それとも、悠とのキスがつまらなかったのだろうか。

今のキスを、もっとして欲しかったら、どうしたらいいんだろう。

かあっと、体が熱くなる。

「浅羽さん！」

ドアノブに手をかけた浅羽が、驚いたように振り返る。

「俺、浅羽さんが好きだって、ちゃんと言いました」

「………」

「俺が、子供だから？　今の俺じゃ、浅羽さんのことをもっと欲しがったら、ダメですか？」

それから、精一杯の自己主張を示した。

怒りたいときは怒っていいと浅羽は言った。それなら、主張したいときは、主張してもいいのではないだろうか。

「俺、もっと浅羽さんに、今みたいに、キスして、指とかで、触って欲しい………」

身が縮むような沈黙があった。

言いたいことを言ってはみたものの、具体的なことは何一つ知らない。ただとんでもないことを口走った気がする。後悔したが、もう遅い。

浅羽は扉の前で、しばらく佇《たたず》んでいたようだ。俯く悠は、彼がこちらに近付いて来るその気配だけを感じていた。

手首を取られ、何か小さい、ひんやりとした塊を手のひらに載せられる。

じっと見つめる。いつも、浅羽がスーツにつけている金のひまわりだった。

「……弁護士バッジ？」

「君にあげるよ。法律や社会の常識より、今は君の意思だけに従いたい。それに」

そうして、先ほどとは違い、ごく穏やかに彼の腕に抱き上げられた。

「俺も、君が欲しい」

ベッドに横たえられる。

どきんと別の生き物のように心臓が跳ねた。

どきん、どきん、とその音が聞こえたかのように、浅羽の手のひらが、パジャマ越しに悠の胸に押し当てられた。

「心臓、痛くないか？　ずいぶんどきどきしてるけど、大丈夫かな」

大丈夫、と答えたけれど、語尾がかすれてしまっている。

浅羽の体がゆっくりと重なる。

窓から零れ落ちる月光が映えて、本当に綺麗な人だと思った。

「海の底にいるみたい」

さっき悠が何気なく口にした言葉を、浅羽は繰り返した。

「君の言葉はいつでも本当に綺麗だ。いたいけで何も繕《つくろ》わない。素直な気持ちが、俺にはものすごく愛しいよ」

「ん…………………」

「俺はその言葉をしばらく反芻して、それだけで幸せになる」

痛いくらい脈打つ胸から、わき腹、鎖骨。彼の唇が、再び胸の辺りを通り抜けた途端、甘い感覚が、かすかに起こった。

何だか恥ずかしくて、息をつめて耐えると、その部分を、今度はきゅっとつねられた。

「あっ、ん！」

官能を覚え、かすかに呼吸を震わせ始めている悠に、浅羽はまた口付ける。

「うん……、ん、ん………」

唇の内側の粘膜を、浅羽の舌がくすぐる度に、体にぞくっと震えが走った。

「そう……いい子だ」

「はぁ……っ、は…………………」

男同士のセックスなんて、悠には経験も知識もない。

不安は、浅羽にもちゃんと伝わっていたのだろう。

「君を傷つけたり、痛い思いは絶対にさせない。ただし」

美貌に、やや艶《つや》めいた微笑が浮かぶ。

「恥ずかしい思いは、たくさんさせるかもしれない」

際どい言葉に煽《あお》られて、未知への体験に身が竦むほどの恐れを感じる。

それなのに、体はもう、好きな人に呼応している。恥じらいもなく熱を高めている。

どれくらいこの人が好きでいるか、もっともっと、知って欲しい。

浅羽の行為は、欲望に駆られての情交というよりは、悠を一方的に感じさせ、可愛がるばかりのものだった。

悠は浅羽の指や、唇の感触を、体中に教えられた。

快楽に免疫のない、堪え性のない体はおもちゃのように、何度も欲望を吐き出す。

自分の体液に塗《まみ》れた体を、悠はシーツの上で震わせた。

「ごめんなさい………っ」

自分ばかり気持ちがよくなって、浅羽を、何も悦《よろこ》ばせられなくてごめんなさい、と謝ると、浅羽はなぜか笑って、キスをくれた。

「……ん」

「いいんだよ。ただ、今晩は俺がどれくらい君を好きでいるか、それだけを感じてくれ」

やがて、二つ折りにされた体を浅羽に組み敷かれる。不自然な姿勢で、さらに大きく足を開かれた。

ずっと解《ほぐ》されていた場所に、浅羽を受け入れるのだと分かった。

こんな綺麗な、他人が羨むものをなんでも持っている人が、悠を欲しがってくれている。

「あっ、あ――――……」

幸せで、幸せで、初めて他人を受け入れる痛みにさえ、悠は幸福すぎて泣いていた気がする。

「浅羽さん、あさばさ……」

三日前まで、ろくろくキスさえ知らなかったのに。恋人の熱は、体の一番奥にある器官さえ、甘い性感帯に変えてしまった。

彼でそこを擦り上げられる度に、悠は目を硬く閉じ、あえかな声を漏らす。

「あ、……ん、ん――――」

また極めてしまいそうで、きゅっと眉根を寄せた途端、不意に、浅羽が動きを止めた。

驚いて目を開けると、低く甘い声で、恋人が囁く。

「悠」

はっと、息がつまった。

「いや、っ……ん、……」

名前を呼ばれた。ただそれだけで、どんな巧《たく》みな愛撫より、快感を覚える。悠は名前を呼ばれる度に、身悶《みもだ》え、体を震わせる。

「あん、ん………、ん………っ」

「――悠」

泣きながらとろとろに蕩けて、悠の理性と体は、輪郭《りんかく》をなくしていく。

視界には、ただ蜜色の月。

浅羽と出会って八度目の満月が、燦然《さんぜん》と地上を照らしていた。

こんこん　こぎつね　ひとりきり
木の実　さがして　森をいく
かあさん　さがして　森をいく

悠は一人で童謡を口ずさみながら、夜の道路を歩いていた。

天気予報は今年一番の冷え込みを伝えていた。空気は刃物のように鋭く冴え渡り、白く染まった呼気が、風に流される。

ダッフルコートにマフラーをぐるぐる巻きに着込んでいても、まるで凍《い》てつくような寒さだ。

右手に提げたビニール袋の中には、新発売になったチョコレート、アイスクリーム、それから大好物の「ふわふわプリン」。

見上げれば、今夜は満月。

食べたくなるような、蜂蜜色の丸い月だ。

悠は足を止め、一人、それを見上げていた。

背後からクラクションを鳴らされて、悠は振り返った。道路に、見慣れた浅羽の愛車が停まっている。

「お帰りなさい。お仕事お疲れ様です」

「そっちこそお疲れ様」

仕事帰りでスーツ姿の浅羽は、いつもながらに颯爽としていて格好いい。

浅羽と出会って一年半、初めて心を繋いでから、一年が経っていた。

相変わらず浅羽に小さい小さいと突き回される悠は、なんとか二センチだけ背が伸びた。

そして去年も着ていたダッフルコートの下に着ているのは、紺色の詰襟《つめえり》だ。

去年の春に、悠は一年遅れで高等学校に入学した。

浅羽のマンションから学校に通う。将来的にきちんと返済をさせてもらう約束で、浅羽の援助を受けている。せめて今、自分にできることをと、悠は病気や事故で両親を亡くした、養護施設で育てられている子供たちの面倒を見るボランティア活動に参加している。今日は学校帰りにその活動に加わっていたので、帰宅が遅くなってしまったのだ。

子供たちにご飯を食べさせて、手を繋いで一緒に遊ぶ。頭を何度も撫でてあげる。役に立っているのかいないのか、よく分からない。けれどそれは全部、悠が誰かにして欲しかったこと。

今、隣にいる男が、そっくり悠に与えてくれたこと。

助手席に乗り込み、ウィンドウの向こうを流れる冬の夜闇を眺めながら、悠はさっき歌っていた童謡を、もう一度口ずさむ。

悠が面倒を見ている子供たちが大好きな歌だ。

隣に座る浅羽がふと表情を和《なご》ませた。

「ヘンでしたか？　浅羽さんはこの歌は、あんまり、好きじゃないですか？」

「いいや。うちのこぎつねは、可愛い上に歌も上手いなと思って感心した」

「でも、もう俺、背だってちょっと伸びたし、もう小さくないですよ」

照れかくしに頬を膨らませてみせる。

浅羽がどうして悠をこぎつね、と呼ぶのか悠はもう知っている。

だけど、浅羽の穏やかな声でそんなふうにからかわれると、悠はちょっと照れて恥ずかしくなってしまうのだ。

この人の傍にいると、自分もまだ、小さくて頼りのない、いつまで経っても甘やかされてしまう子供のような気持ちになってしまう。

「君が子供なのは本当だよ。今だって、ちょっとうとうとしてるだろ」

浅羽は横顔で苦笑している。

その通りだった。学校の後でボランティアに行き、子供たちに囲まれたあとで、浅羽の傍にいるとすっかり緊張が解ける。そうしたら、睡魔が襲ってうとうとしてきた。

ごしごしと手の甲で目を擦って抗《あらが》おうとするが、浅羽のあやすような気配が余計に眠気をさそう。

まるで眠り薬を飲まされたみたいに、ゆっくりと眠りに落ちる。

「眠っていいよ。着いたら起こすから」

けれど悠はすっかり熟睡して、そのまま駐車場からベッドまで、浅羽に抱き上げられて運ばれてしまった。

＊　＊

悠のポケットは今はいつでも空っぽだ。

浅羽と一緒に、花見にも、遊園地にも出かけた。学校に通いたいという夢も叶えてくれた。

悠はいつもあたたかくて、お腹がいっぱいだ。幸せがたくさんで、ポケットには入りきらない。

後は、月まで連れて行って、と難しい我儘を口にすると、恋人は夜空も飛べるような甘い言葉を口にする。

Ombra mai fu

「ほら、お茶っ葉がふかふかになった。いい匂いがするでしょう？」

急須《きゅうす》からは、緑茶の甘く爽《さわ》やかな香りが立ち上っている。ミニキッチンのシンクの上には、湯飲みが二つ。個人事務所の給湯室なので、二人入ればもう満員の小さなスペースだが、吊《つ》り式の食器棚や冷蔵庫などが使いやすく清潔に整えられている。

小川悠《おがわはるか》はメモ帳とボールペンを手に、大きな目を見開いている。神崎玲子《かんざきれいこ》が教えてくれる緑茶の淹《い》れ方を逐一丁寧にメモしていく。

「こうやっていったん熱湯で茶葉を蒸らして、それから改めてお出しする人数分のお湯を注ぎます。今回は二人分ね。どのお湯呑みも同じ濃さになるように何度かに分けて注《つ》いでね」

神崎はピンクのネイルが塗られたその指に急須を取り、程よく色づいた緑茶を湯飲みに注いでいく。彼女は妙齢の美女だ。いつも髪をきっちりとアップにまとめ、動きやすく洒落《しゃれ》たスーツを着こなしている。彼女は悠がアルバイトに入った二日前から、親切に指導役に当たってくれている。

二つの湯飲みを見下ろし、その美しい色合いに悠は目を輝かせる。

「緑茶って、こんなに綺麗《きれい》な緑色になるんですね。すごくおいしそうです」

「そうねえ、緑茶を淹れるのには、本当はお湯の量やら温度やら、細かいやり方が色々あるんだけど、あまり難しく考えずにこの色が出てればまずは問題なしね。浅羽《あさば》先生はちょっと熱めのお茶の方がお好きよ」

浅羽のお茶は、ちょっと熱めの方がいい。悠はしっかりとメモを取る。

メモ帳には、コピーの取り方や電話応対の仕方が事細かに記されている。悠は今ここ、浅羽法律事務所でアルバイトをしている。高校の夏期休暇の間だけの、短期間のアルバイトだ。

「それじゃあ実践《じっせん》ね。昨日ざっと教えたと思うけど、悠君、お茶をお出しするときのお作法はもう覚えたかしら」

「ええと、緑茶の場合は……湯飲みを茶托《ちゃたく》に載せるのは応接室に入ってからです。お客様から先にお出しします」

「正解です。悠君は本当に覚えが早いわね。じゃあ応接室にいる先生方にこれをお出しして来てね」

はい、と答えて、悠は湯飲みと茶托がそれぞれ二つ載ったトレイをしっかりと掲げ持つ。お茶が波立たないように、しずしずと給湯室を出た。

浅羽法律事務所は、駅から程近いオフィスビルの三階に入っている。五階建てビルの赤煉《れん》瓦《が》が貼られた外装はややレトロだが、オフィス内部は機能的かつスタイリッシュで、コンピューターなどの設備も最新のものが使われている。
十五、六畳のオフィスフロアはグレイの絨毯《じゅうたん》が敷かれ、パーテーションでいくつかのスペースに区切られており、一番奥にある六畳程の個室が応接室として使われている。今、浅羽が訪問客と打ち合わせをしているのがその部屋だ。

応接室の扉の前で、悠は背筋を伸ばし、居住まいを正した。

お客様の前に出るのは少し緊張する。特に今、応接室にいる客が、悠は少しばかり苦手なのだ。

「浅羽先生、お茶をお持ちしました」

ノックをして、扉の隙間《すきま》からおずおずと頭を下げる。

「ああ、ありがとう」

扉から向かって右側のソファに座っている浅羽涼生《りょうせい》が、読んでいた書類から目を離さずに答えた。

そして、浅羽の向かい側のソファに着いているのが来客である吉住省吾《よしずみしょうご》だ。悠が現れるのを待っていたとばかりに面白《おもしろ》そうな表情で絡んで来る。

「お、今日も可愛《かわい》いお茶坊主の登場だ」

吉住は、仕事の打ち合わせのため、小一時間ほど前にこの事務所にやって来た。

背が高い浅羽よりまだ大きいくらいだから、相当な長身だ。学生時代は山岳部で鍛えたというがっしりとした筋肉質で、髪や双眸《そうぼう》は真っ黒だ。目鼻立ちのはっきりとしたハンサムで、性格はとにかくざっくばらんで賑《にぎ》やかしい。

凛々《りり》しく端然《たんぜん》とした様子の浅羽とはタイプが違うが、二人は高校時代から十年以上の親友同士で、吉住の職業も浅羽と同じく弁護士だ。

しかし吉住は個人で独立した法律事務所を構える浅羽とは違い、大手の外資系商社の法務部に所属している。フレックス制勤務が採られているが、立場としては普通のサラリーマンと同じだ。弁護士にも色々な職業形態があるのだと、悠は浅羽に教えてもらった。

「悠君、どう、仕事にはもう慣れたかい？」

悠は神崎に教えてもらった作法を思い出しながら、吉住の目を見てこくりと頷《うなず》く。テーブルの上に載せられている六法全書やノート型コンピューターに万一にもお茶がかからないように気をつけているので、返事をする余裕がない。

悠の手が緊張にぶるぶる震えているのを見て取ると、吉住の大きな手が茶托ごとひょいと湯飲みを奪った。

「あ、ありがとうございます」

「法律事務所ってのは細かい書類仕事が多くて大変だろう？　作成して必要な印をついて、方々の役所を回って提出する。一枚の書類のために一日中あちこち駆け回ることもある」

「いいえ、専門的なお仕事は、神崎さんがされているので……俺はコピー取ったり、ＦＡＸを送ったり、三時のお世話だけさせていただいています」

「ふうん。いいなあ、この職場は。仕事ができる美人秘書がてきぱき世話焼いてくれて、おまけにこんなに可愛いお茶坊主が毎日三時の度に美味《うま》い茶を淹れてくれる。いつもは手厳しい浅羽先生も機嫌がいいわけだ」

ソファの肘《ひじ》掛《か》けに頰杖《ほおづえ》をつき、にやにやと浅羽を見ている。浅羽はまったく相手にせず、淡々と書類をめくっている。

「あ、浅羽先生は俺をこき使ったりなんかしません」

明朗快活なこの男だが、悠にはかなりの曲者《くせもの》だ。仕事が終わったら食事に行こう、映画に行こう、ドライブに行こう。悠の顔を見る度にあちこちに誘い出そうとする。

からかい半分の誘いを、人見知りの悠が上手《うま》くかわせずに困惑している様子を見るのが吉住には面白くてならないようなのだ。

そして、吉住の誘いにどんな揶揄《やゆ》がこめられているか悠ももう知っている。

「じゃあ時間的にはわりと暇してる？　この打ち合わせが終わったら、仕事をちょっと抜け出して涼しい場所に連れて行ってあげようか。美味いチョコレートパフェを出すカフェが近くにあるんだ。浅羽に聞いたよ、甘いもの好きなんだって？」

「仕事をサボってお菓子を食べに出かけるなんてできないです」

「うーん。さすがに真面目《まじめ》だ。浅羽が雇い入れたアルバイトだけあるな」

感心したように腕組みして、にやりと笑った。

「まあ私情もたっぷり入ってるんだろうけどね」

悠には難しいことはまだよく分からないが、業務上、浅羽は吉住と密接な関係にあるらしく、吉住は毎日この事務所に顔を見せる。

もともと好奇心旺盛《おうせい》で、目新しいものにはかまわずにいられない性質らしい。新しくアルバイトに入った悠を見付ける度に首根っこを捕まえて、からかっては突《つつ》き回す。しかも困ったことに、浅羽は親友であり、悪友である吉住に、浅羽と悠がどんな「関係」にあるか、すべて話してしまっているのだ。

浅羽と悠では年齢も立場もあまりにも不釣り合いすぎる。吉住にはいっそう悠が物珍しく思えるのかもしれない。

「悠をあまりからかうなよ、吉住。悠は生真面目で優しいからお前の相手をしてくれるだけだ」

それまでは二人のやり取りを聞いていた浅羽が、悪友をやや手厳しい口調で窘《たしな》める。黒よりは茶色に近いような色合いの艶《つや》のある頭髪に、同じ色の澄んだ瞳。顔立ちは涼やかで、理知的に整っている。濃紺のスーツを着、爽やかな水色のシャツに紺色と山吹色を織り込んだネクタイを締めている。

書類をテーブルに投げ置き、顔を上げるその所作には冷厳とした迫力があった。

この男が、現在、悠の保護者であり、雇用主であり、そして——恋人でもある、浅羽涼生だ。二十九歳にしてこの法律事務所の所長を務める少壮の弁護士だ。

「なんだよ。お前ばっかり悠君を独占してずるいぞ。俺だって清楚《せいそ》な美少年にかまって楽しい思いがしたいんだ」

「俺は悠の保護者なんだ。この子を庇護《ひご》するのは当然だろう」

長い足を組み、どこまでも悪ふざけが好きな悪友に呆《あき》れきったように溜息《ためいき》をついた。

「あれこれ悠をからかいたくなる気持ちは分かるけど、今は仕事に集中しろ。これはお前が持って来た仕事だろ。こういう案件は、膠着《こうちゃく》しないうちに速やかに済ませたいんだ」

手厳しく叱《しか》られた吉住がはいはい、とつまらなそうに肩を竦《すく》める。

仕事の邪魔をしないように、悠も応接室を辞去しようと急いで扉を閉める。これ以上、吉住にからかわれるのも困る。しかし扉を閉めるその瞬間、浅羽がこちらを見上げた。悠はどきんとする。

「悠」

目だけで笑いかけてくれる。

「お茶、ありがとう」

悠は心の奥がふんわりと温かくなるのを感じる。吉住が悠をからかっても、悪友の幼い恋人を突き回したいばかりで悪意があるわけではないし、何より仕事中のことだから、慌《あわ》てて悠を庇《かば》い立てすることもない。

それでもやっぱり、いつでも悠のことを気に留めてくれている。

そう思わせてくれるような、優しい微笑だった。

浅羽は、いつでもそうやって悠のことを気にかけてくれる。そう思うと、背筋がぴんと伸びる気がする。自分も、もっともっとしっかりしよう。休暇中だけのアルバイトだけれど、浅羽に恥ずかしくない仕事をしよう。

自分は浅羽の恋人なのだから。そう思うだけで胸が痛いくらいに幸せになる、大好きで大切な人だからだ。

浅羽と出会ったのは今からほぼ一年前のことだった。

真夏の満月の夜、悠は浅羽に出会った。正確には、彼と再会した。

それからの記憶は「ふわふわプリン」に、ポケットいっぱいのチョコレートやキャンディ。浅羽に連れて行ってもらったあちこちのレストラン。

こぎつねくん、という不思議な呼び名をつけられて、やがて恋人同士になった。

「君と一緒にいる時間をもっとたくさん増やしたい」。そんな甘い言葉で、浅羽のマンションでの同居生活が始まったのが六ヶ月前。念願の高校に入学して約四ヶ月が経《た》つ。七月下旬の今は、夏期休暇が始まったところだ。

一学期の間は、とにかく一生懸命勉強した。周囲から一年遅れの入学だったが、学校に行くのは夢だったし、もともと勉強は好きだったので、成績は浅羽に褒《ほ》めてもらえるものが残せた。そして友達を作り、浅羽と暮らすマンションの家事をして、めまぐるしく毎日を過ごした。

アルバイトをすることは、一学期中から真剣に考えていた。生活費や学費のことはすべて浅羽に頼っている現状で、どんなことでもいいからお礼がしたいと思ったのだ。同居生活で、家事全般は悠がやらせてもらっているが、そんなことは浅羽の負担から考えたら微々たるものので、悠が彼の役に立っているとは到底思えない。

だから、せっかく一日が自由になる夏期休暇中は、経験のあるコンビニエンスストアででも仕事をし、アルバイト料を生活費の一部として浅羽に受け取ってもらうつもりだった。幸い、学校も休暇中のアルバイトは認めている。

ところが、夏期休暇の前に浅羽にそう相談したところ、猛烈な反対を受けた。

マンションでの朝食の席のことだった。浅羽は読んでいた新聞をテーブルに置いて悠を見据え、真摯《しんし》な表情で説得を始めた。

せっかく夏期休暇なのだから、お礼だなどと考えずにもっと好きに過ごしたらいい。友達とあちこち遊びに行くのもいいし、習い事をしたり予備校に通うのもいい。長期休暇をアルバイトで潰《つぶ》すことはない。

反対にあうとは思っていなかった悠はすっかりしゅんとしてしまった。そのしょぼくれた表情を見て、浅羽も少し、考え直してくれたようだ。

「単に、俺が嫌なんだ。君がもしもまたどこかでつらい目にあったりしたらと思うと気が気じゃなくて、こっちの仕事が手につかなくなる」

浅羽は悠が以前していたアルバイトで、不当な目にあっていたことにいまだに憤《いきどお》りを感じているらしいのだ。

もともと自己主張が苦手な悠は、嫌なことがあっても直視しようとしない悪い癖がある。問題と対峙《たいじ》しないで、なるべく目を逸《そ》らして我慢してしまう。

自分がアルバイトをすることで浅羽に心配をかけたり、不安にさせるのは悠も申し訳なかった。だけど、浅羽に何かお礼をしたいという気持ちも抑え難い。

するとと浅羽はどうしてもアルバイトがしたいなら、彼の事務所に勤めることを悠に提案した。

「ただし、雇い入れる場合には、俺は絶対に直接君の指導には当たらない。君の指導は神崎君にすべて任せる」

ちょっと照れたように、こほん、と咳払《せきばら》いをしてみせた。切れ長の目が、悠と二人でいるときだけは、やや甘さを帯びる。

「君を甘やかし倒して神崎君に叱られるのは目に見えてるからね」

そんなやり取りがあって、悠は今、こうしてアルバイトに精を出しているわけだ。

お茶を無事に出し終えたその後は、さっき神崎に頼まれた書類のファイリングを始める。

大ぶりのリングファイルに、同じ種類の申請書を日付けごとに綴《と》じていくのだ。内容はまったく違っても、似たような書式の書類が多いので、丹念に注意を払う。

「どうだった、浅羽先生たち。打ち合わせ、順調そうだった？」

真向かいのデスクに座る神崎に尋《たず》ねられた。

「はい、でも二人とも、すごく難しそうな顔をされてました」

「また吉住先生にからかわれたりしなかった？　すっかり気に入られちゃって悠君も災難よね」

曖昧《あいまい》に笑う悠に、応接室でのだいたいの様子を察したようだ。

「本当に吉住先生には困ったものね。あれでも大変なエリートだし、仕事もおできになるんだけど、可愛くて珍しいものには目がなくていらっしゃるの。悠君は格好の標的になっちゃうわね」

くすくすと笑うその手元にあるのは、細かい文字でびっしりと書かれている法律書類だ。取り落としがないか神崎が細かくチェックし、浅羽の名前の下《もと》で定まった役所に提出する。

テレビドラマなどの影響か、弁護士という職業は、法廷で検察官や相手弁護士と激しい弁論を繰り広げるのが主な仕事だと悠は思っていた。無論それも重要な仕事だが、法廷での係争は業務のほんの一部に過ぎない。

弁護士業務はオフィスでのデスクワークと、事務所の内外での打ち合わせが圧倒的に多い。膨大な量の資料を読み込み、細かな書式がある書類を作成し、事前相談を重ねに重ね、やっと相手方との交渉に入ることができる。

しかし、アルバイトである悠の仕事はまずはおいしいお茶を淹れること。

それからコピー取り、届いた郵便物やＦＡＸの仕分け、ファイルの整理。出勤時間は午前十時から午後の四時までだ。

前にしていたコンビニでのアルバイトとはずいぶん様子が違い、接客業での経験は残念ながらあまり役に立たなかった。それでも悠は毎日一生懸命だった。

「さあ、私たちもお茶の時間にしましょうか。おすすめのお茶があるのよ」

神崎が悠の分のお茶をデスクに置いてくれる。悠専用のマグカップも給湯室に用意してもらっていて、ちょっと大人になった気分だ。

神崎はフレーバーティーに凝《こ》っていて、今日のお茶は果物の香りがする紅茶だ。それに、チョコレートのチップが混ぜ込んである美味《おい》しそうな丸い小振りなクッキーが小皿に盛られている。

「あ……」

悠はデスクに置かれたクッキーを見て、一瞬うろたえてしまった。

「あら。クッキーは嫌いだったかしら？　悠君、甘いものは好きよね？」

「大好きです。でも今ちょっと、……歯が痛くて」

「大変。虫歯かしら。今日にでも歯医者さんに行きなさい。虫歯は放っておいても治らないのよ」

悠は紅茶だけをもらうことにした。心配してくれる神崎に、申し訳ない気持ちになる。歯が痛いというのは、実は嘘だった。

以前は、悠は甘いものが大好物だった。コンビニで買える小さな駄菓子が何よりの大切な宝物だった。それなのに、今は何となく、あまりお菓子を食べたいと思わない。

むしろ、食べてはいけないような気がする。

悠は今はもう、寂しくはないから。この上、好物でお腹《なか》を満たしたらものすごく贅沢《ぜいたく》で、罰《ばち》が当たってしまうのではないかと思う。

やがて、打ち合わせを終えた浅羽と吉住が応接室から出て来た。

浅羽は別件の打ち合わせで外へ、吉住は勤めている会社に向かうのだという。

上着を手渡す悠に、浅羽が耳打ちした。

「今日は遅くても七時には帰れると思う。もしも遅くなりそうだったらメールするよ。今日の夕食は？」

「ええと、豚肉のしょうが焼きを……」

「楽しみにしてる。じゃあ行って来るよ」

吉住がボトムのポケットに手を突っ込み、にやにやしながら扉の前で待っている。悠は何となく赤くなって、行ってらっしゃい、と神崎と一緒に頭を下げる。

吉住にからかわれるのはちょっと恥ずかしいし、照れてしまう。

だけど、親友だという吉住に、浅羽がはっきりと悠が恋人だと告げてくれたことが、悠には、とても嬉《うれ》しかった。

浅羽に負担ばかりかけているようで不甲斐《ふがい》ないけど、情けないけれど。身勝手な言い分だが、迷惑をかけることで浅羽とより深く繋《つな》がっていることを実感できるのも、本当だ。

だから、甘いお菓子は今はいらない。悠は今、至福の日々を送っているのだから。


今日の夕食のメニューは、浅羽に言った通り、豚肉のしょうが焼きを作る。

エプロン姿の悠はシンクの周りをちょこまかと動き回った。腹の前で腰紐《こしひも》を結ぶエプロンは紺色のギンガムチェック柄だ。

付け合わせはもやしとピーマンの炒《いた》め物。そしてながねぎとわかめのお味噌汁《みそしる》。冷奴《ひややっこ》は氷水で冷たく冷やして、万能ねぎとしょうがを細かく刻んでおく。

切って炒める。家庭料理初心者の悠にとっては今のところ、それが料理の基本だ。

一年ほどの間だが、悠も一人暮らしをしていたので、家事は一応だいたいこなせるつもりでいた。けれど、十五歳だった悠の自炊は実際にはまったくおままごとレベルだった。

以前は、アルバイト先のコンビニでもらうロス商品のお弁当を食べて一食を済ませたりしていた。それに当時の悠は、衣服のポケットにキャンディやチョコレートを山ほど入れて、始終甘いお菓子ばかり食べていた。凝った料理などまったく作ったことがなかったのだ。

豚肉にしょうが醤油《じょうゆ》をからめてせっせとフライパンを揺する。焦がして失敗しませんようにと半ば祈る思いだ。仕事で疲れて帰って来た浅羽にはおいしいものを食べてもらいたい。

肉に綺麗に焼き色がついたところで、テーブルに置いた携帯電話がメールの着信を伝えた。高校の入学祝いに浅羽が買ってくれたものだ。大急ぎでテーブルに駆け寄る。

「あ、浅羽さんだ」

ふわっと嬉しくなる。小さな液晶ディスプレイには浅羽からのメールが表示されている。

浅羽は、マンションの駐車場に到着すると、携帯にメールをくれるのだ。

多忙な浅羽の帰宅は、どんなに早くとも七時以降になる。悠は四時にアルバイトを上がり、それから買い物をして、料理のレシピ集を見ながら夕飯を作る。まだまだ料理の手際が悪いので、浅羽に夕食を待たせないためには、むしろ多少遅く帰って来てもらった方が都合がいいのかもしれない。

もっと帰りが遅くなるときには、先に悠一人で食べておくようにとメッセージが入る。浅羽から受け取ったメッセージは全部大事にとっておきたいのだけれど、携帯電話のメモリーには容量があって、いずれ貰《もら》った順番に消えていってしまうそうだ。

ご飯を一人で食べるのは寂しくて、以前は浅羽が帰るまで何も食べずにじっと待っていたのだが、「君がお腹を空《す》かせて待ってると思うと気が気じゃなくて仕事ができなくなるよ」

と優しく窘められてしまった。それ以来、寂しくても一人で箸《はし》を取ることにしている。

玄関の扉の前で、今か今かと半ば背伸びをしながら待ち受けて、呼び鈴が鳴るとドアノブに飛びかかった。大急ぎでドアチェーンを外す。

扉が開いて、目が合うなり、お互い笑顔になる。

「お帰りなさい」

「ただいま」

仕事帰りで、まだ表情に厳しさを残していた浅羽は、悠を見下ろして優しく目を細めた。ネクタイを解《ほど》く浅羽からビジネスバッグを受け取って、着替えをするために寝室へ向かう彼の周りをくるくる転がるようにしてついていく。

ついさっきまで、浅羽のオフィスで顔を合わせていたのに、こうして彼の顔を見上げていると幸福のあまりにふわふわと頰が緩《ゆる》む。

寝室でさっと普段着に着替えた浅羽とダイニングテーブルに向き合って、温かい食卓を囲む。浅羽のお茶碗《ちゃわん》に炊き立てのご飯をよそう。それに出来立ての惣菜《そうざい》。丁寧に作ったしょうが焼きが上手くできていると一頻《ひとしき》り褒めてくれた後で、浅羽が尋ねた。

「仕事は？　ちょっとは慣れてきたかな」

しょうが焼きを頰張っていた悠は、張り切って頷いた。

「はい。でも、まだ失敗することも多くて、神崎さんにご迷惑をかけています」

「そんなことはないよ。神崎君が喜んでたよ。君は一度教えたことはどんな細かいことでも絶対に忘れないって。教えたことをすぐ吸収してもらえると、教える方も甲斐があって楽しいもんだ」

「……本当ですか？」

悠はまた笑顔になった。浅羽に褒めてもらった。神崎の役にも立てているらしい。すごく嬉しかった。

「だけど疲れてないか？　一日中うちの事務所で仕事して、帰ったらすぐに家事もしてじゃ大変だろう」

「ちっとも疲れてなんかいません。アルバイトは……お仕事なのにこんなことを言ったら駄目かもしれないけど、すごく楽しいです。お茶の淹れ方や、コピーの取り方一つにだってきちんとした正しいやり方があるんだって初めて教えていただきました」

「仕事に熱心になってもらえるのは、もちろん俺には有り難い。もしも負担になるようなら、家事の方はハウスクリーニングやデリバリーのサービスも使うといい。階下のフロントに言ったらすぐに手配してくれるよ」

「駄目です。そんなじゃお仕事をお手伝いしてる意味がないです」

悠は大慌てでかぶりを振った。悠は嬉しいのだ。浅羽の周囲の用事で、悠ができることは全部独り占めしたい。浅羽の役に立ちたい。こんなに楽しくて嬉しい仕事を、他の人に譲ったりできない。

悠はいったん箸を置き、さっきから抑え切れなくてうずうずしていた気持ちを口にした。

「あの、浅羽さんって本当にすごいですね」

「うん？」

「俺、浅羽さんが電話を取るの、見るのが好きです」

「電話？」

浅羽は不思議そうだ。

オフィスではかかって来た電話は神崎か悠が取り、相手の名前を告げて浅羽に回線を回す。浅羽は応対すると共に、右肩に受話器を挟《はさ》み、その両手の指はすでに背後のリングファイルかコンピューターを操作して顧客の個人データを開いている。電話をかけて来た相手の名前を聞いただけで、もう用件を推測して体を動かしている。

その仕草が、見惚《みと》れてしまうくらい、本当に格好いいのだ。

その他にも、悠はこれまで知らなかった浅羽の色んな側面を見ることができた。

ネクタイというのは意外に邪魔なものらしく、デスクワークのときは、いつも左肩に引っ掛けるように無造作に放っている。暑い日でもワイシャツは必ず長袖《ながそで》だ。ブルーや明るいグレイなどのカラーシャツを着ることも多いが、口頭弁論がある日には必ず白と決めているらしい。

まだ制服を着ている悠には分からない、スーツを着る大人の男のルールを、目《ま》の当たりにしている。悠にはとても興味深いものだった。

「そんなものかなあ。全部癖みたいなものだから、自分じゃ気付かなかったな」

「肩に受話器を挟むのは、俺もやってみたいけど上手くできないです。動くと受話器がだんだんずれてきます」

「もう少し肩幅が出ないと難しいよ。それにあまり行儀のいいことじゃないから、君は覚えないように」

ゆっくりと諭《さと》し、それから箸を置いて微笑した。

「……君は本当に面白いなあ」

その優しい口調に、悠は恥ずかしくなった。

アルバイトの間はいつでも浅羽のことを見ていると自分で告白してしまったようなものだ。恥ずかしくて、慌てて味噌汁の茶碗に吸いついた。

悠は浅羽のことが好きで、好きで仕方がない。浅羽はよく、悠のことをこぎつねくん、と呼ぶのだが、悠が本当にきつねだったら、浅羽への気持ちが止められず、尻尾《しっぽ》を千切れるくらいぶんぶん振ってしまうと思う。

傍《そば》にいればいるほど浅羽の新しい面を知って、それが全部好きになってしまう。尊敬して、憧《あこが》れの気持ちがいっそう強くなる。まだ薄い悠の胸は浅羽への思いでぎゅうぎゅうにつまりきってしまっている。

今でもこんなに好きなのに。今よりたくさんの浅羽の側面を知って、もっともっと好きになってしまったらいったいどうなるんだろう？

食後も気恥ずかしい気持ちは治まらず、悠は急いでシンクの前に立った。

「すぐ片付けますね。お風呂の用意ができてますから、浅羽さん、先に入ってらして下さい」

「茶碗の片付けは俺がしておくよ。君が先に入っておいで」

背後から近付いて来た浅羽に、右手に持っていたスポンジを取られそうになってしまう。

このマンションのキッチンは最新式で、細かい食器は全部食器洗い機に放り込む。それでも、フライパンやボウルなどの大きいものは手洗いすることに決めているのだ。

「だめっ、浅羽さんに、そんなことさせられないです」

「そんなことって？　茶碗洗いだろ？」

スポンジを背中に隠して抵抗したが、身長も腕の長さもまるで違う。呆気《あっけ》なくスポンジを取られてしまって、悠はぴょんぴょん飛び跳ねて、奪い返そうと躍起になった。

「駄目なんです、家事は全部俺がさせてもらいたいです」

ところが、素早く彼の指先で鼻の頭に泡を塗られて、悠はひゃっと悲鳴を上げた。綺麗に整った顔が、すいと寄せられて、悠をどきりとさせる。

「仕事しか能がない男っていうのもつまらないもんだよ。俺にも色々できるんだって格好つけさせてもらわないと」

悪戯《いたずら》っぽく言われて、悠はどきどきしてしまってそれ以上、反論ができなくなる。

結局、浅羽に風呂に追い立てられてしまった。急いで湯を上がると、交代で浅羽も風呂に向かう。浅羽に任せたキッチンをこっそり覗《のぞ》き込むと、シンクも食器棚もすっかりきれいに片付けられている。悠はちょっとだけしょんぼりとした気持ちになる。

大好きな浅羽にすら、自分の仕事を渡したくないなんてちょっと我儘《わがまま》だろうか。

キッチンを片付けてもらった分、明日は、今日よりもっと美味しい夕食を作ろう。

パジャマ姿の悠はリビングのソファに座り、熱心にレシピ集を眺めた。

チキン照り焼き丼にお吸い物。トマトとあさりのスパゲティに、ほうれん草のサラダ。明日から下ごしらえして、明後日《あさって》に食べられるよう、シチューを作るのはどうだろう？暑い季節に熱いものを食べるのは体にいいのだと神崎に教えてもらった。

上手くできたときの浅羽の笑顔を思うと、今からもう嬉しくて、悠は料理の本と首っ引きになっていたが、そのうちだんだん眠くなる。日中に仕事をして、少しも疲れてなんかいないと浅羽に胸を張って答えたが、まだ慣れない職場で緊張してしまうのは本当だった。

風呂上がりの心地よさと相俟《あいま》って、悠はソファで膝《ひざ》にレシピ集を立てたまま、いつの間にかうとうとと寝入ってしまった。

「こら悠、こんなところでうたた寝するなよ」

風呂を終えて、タオルで髪を拭《ふ》きながら、浅羽がやって来た。

片手には缶ビールだ。悠が寝入っているソファの隣に座る気配があった。長い指で、頬や鼻先を突かれる。

悠は夢見心地でとろとろと目を閉じている。

何度もつんつんと頬やわき腹を突いて、その腕に悠を抱き上げる。浅羽と暮らし始めて、そこそこ体重も増えたつもりだが、まだまだ恥ずかしいくらい痩《や》せっぽちだ。いつまで経ってもこうやって横抱きでひょいと抱えられてしまう。

悠の寝室のベッドが近付くにつれて、少しずつ意識がはっきりし始める。けれど悠は浅羽の腕に抱かれたまま、じっと目を閉じていた。浅羽の体温がとても心地よくて、目を開けてしまうのがもったいなかった。

やがてベッドの上掛けがめくられて、シーツの上に横たえられる。浅羽はベッドの端に腰かけて、悠の髪を、しばらくの間、慈しむように撫《な》でていた。立ち去る様子はなく、じっと悠を見下ろしている。

悠は次第に、胸がどきどきし始めるのを感じた。

もしかしたらと思う。

もしかしたら、今日は、――するのかな?

浅羽の帰りは、今日は少し早かった。寛《くつろ》いだ表情で夕飯をとって、今はベッドの上で、悠とこんなにも近くにいる。

期待と不安が胸の中で複雑に入り混じる。浅羽には内緒だけれど、悠は毎晩、ほんの少しだけ「そのこと」を考える。

不意に、浅羽が呟《つぶや》いた。

「最近は、コンビニでプリンやらあんまんやらチョコやら買い込んで、つまみ食いはしてないよな？」

ちょん、とまた頬を突かれた。

あんまんは夏場は売ってないのだが、浅羽はそれをよく知らないのだ。

「いい夢を。おやすみ、可愛いこぎつねくん」

額《ひたい》に軽くキスを落とされる。

……………おやすみなさい。心の中でそっと返事をした。浅羽は悠の前髪をもう一度優しく撫でて、部屋を出て行く。

悠はベッドの上でそっと体を起こした。頬がぼうっと火照《ほて》って、すっかり目が覚めてしまった。

灯《あか》りを落とした薄い暗闇の中で、今、浅羽が手のひらで撫でてくれた前髪の辺りに、自分の手のひらを添えてみる。まだ浅羽の温《ぬく》もりが残っているみたいだ。

「……何でなのかな」

悠は羽根布団を頭まで被《かぶ》り、カーテンの隙間から覗く窓の外を、上目遣いに見上げる。ちょうど真ん中で割れた綺麗な半月が、悠を見下ろしていた。あの月が丸く満ちていた半年前の夜、まるで海の底にいるかのような、蒼《あお》い夜。悠は浅羽と恋人同士になった。

――俺も、君が欲しい――

あの時の、澄んだ彼の瞳を悠は今もまだ、ちゃんと憶えている。浅羽に恋を告げられて、それから体と心を繋いだ。

浅羽に何度も何度も、好きだと言ってもらった。あれは、恋人同士がする行為だと世事に疎《うと》い悠にもちゃんと分かってる。

けれど、浅羽はあの満月の夜から悠とそれを――セックスを、してくれないのだ。

あの夜から、本当に一度もない。

朝起きると、おはようのキスをする。夜寝る前にもおやすみのキスをしてくれる。だけど、それ以上のことはしない。平日は、お互い自室のベッドでばらばらに眠る。週末は時々、浅羽と同じベッドに入って夜通しおしゃべりをして、そのまま朝まで一緒に眠ることもあるけれど、本当に隣り合って眠るだけだ。それ以上のことは何もない。

世の中の恋人同士というのは、そういうものなんだろうか？

セックスというのは、皆あまりしないものなんだろうか？

それが浅羽の判断なのだから、きっとそうなのだろう。浅羽は悠の初めての恋の相手で、十三歳年上である浅羽の判断が悠の恋愛の常識のすべてだった。

それに学生の悠と違って、社会人の浅羽には長期休暇はない。浅羽が多忙なのは悠だって知ってる。夜にまで悠にかまっている暇などないに違いない。

何より、悠は浅羽のことが大好きだ。

浅羽の傍にいられるだけで、もうこんなにも幸せなんだから。甘いお菓子も食べなくていいし、セックスだって、しなくていい、と思う。

本当はちょっと寂しいのだけれど、欲張りになるのは、やっぱり嫌だ。

悠は巣穴に籠《こも》ったこぎつねのように、ベッドの奥へと潜り込む。目を閉じると、目蓋《まぶた》の裏にささやかな金色の光を感じる。そして壁の向こうには、自室にいる浅羽の気配。

カーテンの隙間から差し込む月光はどこまでも優しくて、悠はいつの間にかぐっすりと寝入ってしまった。

悠のアルバイトは、毎週金曜日は休みになる。

金曜日は、午後から制服を着て、通っている学校で補講を受けるのだ。

アルバイトのときの私服とは違い、紺色のボトムに、ポケット部分に桜を象《かたど》った校章が入った白いシャツを着る。冬場はこの上に詰襟《つめえり》の上着を着る。

悠が通う桜光《おうこう》学院は大変な進学校で、浅羽も卒業した私立の名門校だ。授業は予備校並みの厳しさで進む。学期中のカリキュラムも相当にハードなものだったが、夏期休暇のさなかにも一学期の総復習の補講が行われているのだ。もっとも休暇中のことで、出欠は生徒の自主性に任される。生徒たちは各々自分の希望する進路に従って自由に時間割りを作成し、それに沿って補講に参加する。

悠は英語と古典の補講を受けることにした。どちらもそれほど苦手ではないが、将来は浅羽と同じ分野に進みたいと密《ひそ》かに思っているので、文系科目は強化しておきたい。二教科とも同じ金曜日に授業があるので都合がよかった。

その日は補講が終わった後に、教室で夏休みの宿題に出ている数学の難問をクラスメイトたち数人と一緒に考えた。

この学院は幼稚舎・初等部が同じ敷地内にあり、中・高等部の六年間一貫教育が基本とされる。従ってクラスメイトのほとんどが中等部からの持ち上がりで、皆、裕福な家の子弟ばかりだ。賑やかで、明るく屈託がない。悠のように高等部からの編入はクラスでもごく少数だ。

入学式の当日から内部進学組では仲のいいグループが出来上がっており、悠はすっかり怖《お》じ気《け》づいてしまったが、クラスメイトたちは積極的に悠を受け入れてくれた。事情があって、悠は彼らより一歳年上なのだと話したときにはちょっと驚いたようだったが、誰も特別な偏見は見せない。

特に、クラス委員長をしている森本《もりもと》は面倒見がいい。悠が周囲に溶け込めるよう、さり気なく気を配ってくれる。

「小川、腹減ってない？　これ終わったら何か食べて帰らないか？」

あれこれ雑談も交えて笑いながら過ごして、気がついたらすでに十七時を回っていた。陽《ひ》が長いものだから、ついのんびりしてしまった。クラスメイトたちも携帯や腕時計で時間を確認し、驚きの声を上げる。

「わ、もうこんな時間だったんだ。そろそろ切り上げようぜ」

「何か食いに行くならラーメン、ラーメン！　それか『フランシーズ』の点心《てんしん》食べ放題！」

「あ、食べ放題なら俺、割引チケット持ってるよ」

森本の誘いかけに応じて、周囲からわっと賑やかな声が上がる。育ち盛りの少年たちが夕暮れまで勉強していたのだから皆、お腹もぺこぺこだ。

気さくなクラスメイトとラーメンやファミレスの食べ放題に行くことに悠もちょっと心惹《ひ》かれたのだが、今日は浅羽と待ち合わせをしている。

金曜日に二人で夕食を食べに出かける約束は、今でも健在だ。浅羽のオフィスに近い宝石店で待ち合わせて、あちこちの料理店で夕食をとる。

今日は以前も行ったことのある割烹《かっぽう》料理屋に連れて行ってもらう予定だった。鱧《はも》というあっさりした魚を用意してもらって、湯引きした白身に酢橘《すだち》をきゅっと絞って食べるのだそうだ。浅羽は相変わらず美食好きで、悠はいつもその説明に聞き入ってしまう。

「ごめん、俺、今日はこれから待ち合わせしてるから」

「待ち合わせ？　彼女？」

「えっ！」

傍にいたクラスメイトの何気ない言葉に、悠はびっくりして大声を上げてしまった。

「だって小川、すっごい嬉しそうな顔してるもん。彼女、どんな子？　可愛い？」

「小川の彼女って年上なんじゃない？　小川、小さくて可愛いもんなー、めちゃくちゃもてそう」

「ち、違うよ、俺、彼女とかいないよ」

彼女、と口にするだけでも、何となく気恥ずかしくて耳が熱くなった。

「家の人。今から夕食を一緒に食べに行くんだ」

悠たちの年齢では、恋人がいることの方が自慢になるかもしれない。けれど血縁者がほとんどいない悠には、浅羽を「家の人」と呼べることにとても晴れがましい気持ちになる。

「だから今日はこのまま帰るね。ごめん、また誘ってね」

「そっか、じゃあまた今度にしようか」

森本がてきぱきとその場を仕切る。彼女、という単語で思い出したのか、クラスメイトの一人がそういえば、と羨《うらや》ましそうに溜息をつく。

「長谷川《はせがわ》は補講は完全にぶっちぎって、信州の別荘で彼女と二人っきりで過ごすんだって」

「いいよなー、彼女持ちは。天国みたいな夏期休暇だよな」

「でも、休暇の後半は宿題に追われて地獄に真っ逆さまだよな……」

ラーメンを食べに行くという数人のクラスメイトと別れ、森本と二人で教室を出る。

校門を出た後も、悠がそわそわと落ち着きない急ぎ足でいるのに森本は気付いたらしい。

「小川、急ぐ？　待ち合わせに遅刻しそう？」

「うん、このままだとちょっと間に合わないかも」

「じゃあこっちから帰ろうよ」

いつもの通学路とは逆方向に腕を引かれる。

「こっち？」

「うん、近道。こっちから住宅街を突っきって帰る方が十分くらい早く駅に着くんだよ」

幼稚舎からこの学院に通っているという森本は、周辺の地理にも詳しい。

学院は閑静な高級住宅地の中ほどに位置する。登下校する生徒のざわめきで近隣住人の迷惑にならないよう、駅から住宅地を大きく迂回《うかい》する形で通学路が決められているのだ。

夕暮れとはいえ、まだ夏場の陽射《ひざ》しは強い。日陰を選び、夏期休暇中は何をして過ごしているのかと話しながら森本と歩いた。

森本や他の友人たちは、学校で補講を受ける傍《かたわ》ら、さらに予備校にも通っているそうだ。森本はクラス委員長をしているだけあって、成績が抜群によく、人望がある。大人びた雰囲気が何となく浅羽を髣髴《ほうふつ》とさせ、悠はこのクラスメイトがとても好きだ。

クラスメイトの中には、補講は受けずに、外国にホームステイに出る者も多数いるらしい。そしてさっき話題に出た長谷川のように、彼女と旅行に出かける者もいる。

悠は森本に尋ねた。実はさっきその話が出たときから気になっていたのだ。

「彼女がいる子たちって、皆そんな風にするの？」

「そんな風って？」

「二人だけで遊びに……旅行に行ったりって」

森本は思慮深そうに首を傾《かし》げる。

「うーん。人それぞれじゃないか？　でも、学校があるときだと一日中二人きりになるのって難しいだろ？　好きな子とずっと一緒にいられるのって、やっぱりすごく嬉しいんじゃないかな」

悠にもそれはとてもよく分かった。悠も、浅羽と一緒にいられるとものすごく嬉しい。

マンションの居間で二人でいると、せっかく広いスペースにいるのにどうしても近くに寄りついてしまう。たくさん浅羽に触りたくて忙《せわ》しない気持ちになる。

だけど浅羽は、二人きりでいてもごく普段通りだ。悠の髪を撫でてくれたり、ふと顔を上げるとこちらを見てくれていることがある。だけどいつも落ち着いていて、悠みたいに弾《はじ》け飛びそうなくらい胸を高鳴らせている様子はない。

近寄りたいと思っているのは、悠一人らしいと今気付いた。

もちろん、この前の夜みたいに、ベッドの上ですぐ傍にいて、どきどきしていたのも悠だけだったのだろう。

「小川、大丈夫？」

森本が心配そうに悠の顔を覗き込む。

「顔、真っ赤になってる。熱射病かな、ほら、ちゃんと影のところを歩かなきゃ駄目だよ」

「うん……」

森本に腕を引かれたその時、悠はふと、子供の笑い声を聞いた気がして振り返る。

やや視線を上げ、夏の夕暮れの太陽が眩《まぶ》しくて、手のひらをかざす。そこに悠は不思議なものを見つけた。住宅街の奥まった場所に高々と掲げられた十字架だった。

大きな家と家の間に、一際立派な門柱がそびえている。鉄製の巨大な門は開かれていて、コンクリート造りの十段ほどの階段を上ったところに、芝生の広い庭園が覗いて見えた。

煉瓦が敷かれたアプローチが真《ま》っ直《す》ぐに伸び、白亜の建物へと続いている。三角形のファザードは正対称で、上部に薔薇《ばら》窓のステンドグラスがはめ込まれている。建物中央から伸びる鐘塔《しょうとう》の頂点に、茨《いばら》を絡めたような十字架が掲げられていた。

門柱をもう一度見ると、「聖ルカス教会」と書いた古めかしい銅板がはめ込まれていた。キリスト教系の教会だと分かる。

「こんなところに教会があるんだ。知らなかった」

「ああ、通学路から外れてるから分かりにくいよな。うちの学院と同じ宗派のカトリックの教会だよ。秋のバザーとかも共催してる」

「教会……」

教会というものを、悠は生まれて初めて間近で見た。

アプローチの左右には菩提樹《ぼだいじゅ》が青々と茂っている。そのずっと奥の一角が白く背の高いフェンスで囲まれていて、ブランコや滑り台などの遊具が見える。そこで、まだ幼い子供が十数人、遊んでいた。

「あの子たちは？」

「あの教会で生活してる子供たち。確か、敷地の一番奥に養護施設があるんだ。身寄りのない子供が生活してる」

身寄りのない子供。不意に聞いたその言葉に、悠は一瞬、息が止まりそうになった。

厳《おごそ》かにこちらを見下ろす十字架から、悠はどうしても目を逸らせない。

「小川、急がないと。待ち合わせしてるんだろ」

森本に腕を引かれ、はっと我に返った。

森本が急げ、急げと悠の腕を引く。悠は何度か振り返り、教会の赤い屋根を見ていた。


悠は大急ぎでいつもの待ち合わせに使う宝石店の前に辿《たど》り着いた。

陽が落ちて風が涼しくなり始めたが、駅から駆けて来たのですっかり肌が汗ばんでいる。

周囲を見回したが、幸い、浅羽はまだ来ていなかった。待ち合わせの時間は十五分過ぎている。

待たせずに済んだのはよかったが、浅羽が遅刻することも珍しい。それからまた十五分が経過しても、携帯電話には着信もないし、メールも届いていない。

どうしたんだろう。仕事で何かあったんだろうか。

そう言えば、今週は月曜日から昨日までの間、浅羽の事務所はいつにも増して忙しい雰囲気だった。

来客や電話は引っきりなしだったし、神崎は大量のウィルスメールが事務所に届いたと言って、コンピューターのセキュリティ会社とのやり取りに大わらわだった。

浅羽は外出先での打ち合わせが多く、事務所に戻ってはすぐに出かけるという慌《あわただ》しさだ。今、浅羽が遅刻するようなトラブルが起きているのだとしたら、こちらから連絡をすると、邪魔になってしまうかもしれない。携帯を片手に一人右往左往していると、背後からぽんと肩を叩《たた》かれた。浅羽が来たのかと喜び勇んで振り向くと、そこに立っていたのは吉住だった。脱いだ上着を小脇に抱え、いつもの磊落《らいらく》な様子で右手を上げた。

「浅羽なら、来ないよ」

それから飄々《ひょうひょう》とした笑顔を見せる。

「お、今日は制服か。懐かしいな、開襟シャツに紺色のボトム。でも冬がいいんだよな、紺色の詰襟。悠君は色が白いから似合うだろうなあ」

男らしく整った顔を、興味津々《しんしん》と悠の襟元に近付ける。そうだ、浅羽と吉住は高校時代からの友人同士なのだ。つまり、吉住も悠の先輩にあたるのだ。

そうは言っても、浅羽と一緒にいるときならともかく、隙あらば悠をからかってばかりいる吉住と二人でいると、どうしても腰が引けてしまう。

「あの、浅羽さんは」

「奴は、依頼人との打ち合わせが長引いて、今日の君との食事はキャンセルだそうだ。従って、今夜の食事は俺と君の二人きりだ。さあ行こうか」

「えええっ！」

悠は驚きと怯《おび》えに大声を出してしまう。

情けないけど、浅羽がいないと、吉住のからかいにどう対応していいのか分からない。

「で、でも、浅羽さんからはそんな連絡、入ってません」

「だから俺が伝言を伝えに来たんだよ。この時間だし、あっちはあっちでこれから食事しながら打ち合わせの続きをするんじゃないかな。俺たちも遠慮しないで何か美味いものを食おう。浅羽だったら絶対行かないような店にも連れて行ってあげようか。制服の男子高校生なんて、大人気で珍しがられてちやほやされるよ」

いったいどんな店に連れて行くつもりなのだ。

悠は激しくうろたえた。鞄《かばん》に入れている携帯電話を取り出そうとする。

「待って、待って下さい。浅羽さんに一度、連絡を取らせて下さい」

「そんなに嫌がるなよ、傷つくなあ。俺も浅羽みたいに、美少年を連れ回して美味いものを食べさせて可愛がるっていうのを一度やってみたかったんだ」

ははは、とざっくばらんに笑って、悠の携帯を取り上げてしまった。大きな手で悠の手首を摑《つか》み、強引に歩き出す。すぐ近くの側道にタクシーを待たせてあるのだという。

悠が目を白黒させていると、その襟首がぐいと引かれた。振り返ると、ふわりと浅羽に腰を攫《さら》われる。

「何をやってるんだ、お前は」

「浅羽さんっ」

悠は心底ほっとし、大慌てで浅羽の背中の後ろに逃げ込んだ。そこから顔を出して、精一杯吉住を睨《にら》みつける。浅羽が来ないなんて、やっぱり嘘だった。

「何だ、あと数十秒遅く着いてくれてたら悠君と二人きりで食事会だったのに」

吉住にはまったく悪びれた様子はない。本気でつまらなそうに肩を竦め、ぶつぶつ文句を言っている。

「どうしてお前はそう悠を困らせることばかりするんだ。本気で怖がってるのが分からないのか？」

「だから親睦《しんぼく》を深めようとしてるんじゃないか。だいたい遅れて来るお前も悪いんだろ。暑い中、悠君をじっと待たせておくのも気の毒じゃないか」

「暑いから傍のカフェに連れて行くように言っておいただろう。タクシーで無理やりどこかに連れ去れなんて一言も言ってないぞ」

悪ふざけをしておいてどこまでも開き直っている吉住を叱りつけ、背中に隠している悠を振り返る。

「ごめんな、ぎりぎりになって仕事がちょっと立て込んだんだ。吉住に伝言を頼んだのが間違いだった。悪いことはされてないか？」

「だ、大丈夫です。浅羽さんは？」

浅羽のスーツの裾をしっかりと摑み、悠は浅羽に尋ねる。

「浅羽さんは、お仕事は大丈夫ですか？　何か急なお仕事が入ったって」

「ああ、――いや」

「浅羽さん、手をどうされたんですか？」

悠は浅羽の右手に、包帯が巻かれていることに気付いた。浅羽と吉住が素早く目配せをし合った気がするが、浅羽はすぐに、照れ臭そうな笑顔を見せる。

「うん、今日、書類を開封しようとしてカッターで切ったんだ。慣れないことはするもんじゃないな」

「大丈夫ですか？　痛くないですか？」

「痛くないよ。包帯が派手なだけでそれほどたいした傷じゃないんだ」

「まったくだよ。慣れないことをするもんじゃない。器用な神崎君に頼めばいいのに、怪我《けが》なんかして手当てする面倒を増やしてさ」

吉住が大げさに肩を竦めて言葉を重ね、浅羽をからかう。それから話を切り替えるよう、手を叩いた。

「さあさあ、せっかく浅羽が間に合ったんだから夕食に急ごう。さっさと乗れよ、今日は俺のおごりだ」

吉住は待たせてあったタクシーの助手席に乗り込んで、二人を誘う。浅羽は悠を背中に庇うようにして、眉を顰《ひそ》める。

「お前はもう来なくていいぞ。せっかく悠との夕食に誘ってやったのに、余計な悪さをするんだったら悠には近付けさせない」

「冷たいこと言うなよ。人を伝書鳩《でんしょばと》の代わりに使ったんだから、飯くらい一緒に食わせろよ」

浅羽が予約しておいた店は勝手にキャンセルしているという。

吉住の傍若無人ぶりに浅羽は呆れ返った様子だ。後部座席に乗り込んだ悠に吉住は親指を立てて笑ってみせる。

「任せとけよ、悠君。美味い店ってのはね、自営で自由にやってる連中より俺みたいに宮仕えしてる人間の方がずっとあちこち知ってるんだ。あれこれ上下の付き合いが多いからな」

どこまでも開き直っている吉住と憮然《ぶぜん》とする浅羽のやり取りを見ていると、何となくおかしくなって、悠はつい笑ってしまった。

長年の親友というのは、こういうものなのかと浮き立つような気分になる。

吉住が案内してくれたのは、下町にある小ぢんまりとした中華料理店だ。

気の張らない雰囲気で、肉も野菜もどっさりと食べさせてくれるらしい。そう言えば、浅羽とはラーメン屋には行ったことがあったが、本格的な中華料理店にはまだ来たことがなかった。

「中華は二人きりより、何人かで食った方が断然美味い。さあ、この小籠包《ショウロンポウ》を食ってみろよ。それからチリ風味の海老《えび》マヨネーズだ。海老がぷりぷりでものすごく美味いんだ。頬が落っこちるぞ」

悠の皿にどんどん料理を載せていく。悠はすっかり吉住の勢いに気圧《けお》されて、食べても食べても山盛りになる皿を空けようと一生懸命口を開ける。

浅羽が吉住を咎《とが》めた。

「急がせるなよ、この子は食のペースがゆっくりなんだ。好きに食わせてやれ」

「何言ってんだ、この年頃の子が食えないなんてことはない。俺たちだって十六、七の頃は飢えた獣《けだもの》の如《ごと》しで毎日学校帰りにラーメンだのハンバーガーだのハシゴして帰ったじゃないか」

吉住が一人増えただけで、夕食のテーブルはたいそう賑やかなものになった。吉住はよくしゃべり、よく食べる。ビールの大ジョッキを次々に空け、肉料理の大皿が出た頃に中国酒に切り替える。気心の知れた友人と同席しているせいか、浅羽もいつもよりずっと砕けた様子で高校時代の笑い話に興じ、グラスを傾ける。

強い酒を次々に空けていく二人の大人の様子に、悠はかなり興味津々だ。

あの赤味がかった酒。紹興酒《ショウコウシュ》というらしいが、とっても美味しそうなのだ。お猪口《ちょこ》より一回り大きい八角形の切子グラスに、氷砂糖をいくつか入れてなみなみと酒を注ぐ。

甘いお酒なのだろうか？　どんな味がするんだろう？

悠の好奇心いっぱいの視線に、吉住が気付いた。

「どう、悠君、ちょっと飲んでみる？」

紹興酒のグラスが悠の目の前に差し出された。悠は好奇心をそそられ、ちょっと首を伸ばしてグラスを覗き込む。綺麗な紅茶色のお酒は、それほどアルコール度が強いようには見えない。

「やめておけよ、悠はまだ未成年だぞ」

「かまうもんか、ちょっと舐《な》めさせるだけだ。成長期だからって健全にミルクばっかり飲ませてたらいつまで経っても大人になれない」

悠は困惑してグラスと浅羽の顔を見比べる。

氷砂糖がいっぱい入ったお酒。ちょっとだけ舐めてみたいけど、浅羽に叱られるんだったらやめておこう。

浅羽の意見に素直に従う悠に、吉住が人の悪い笑顔を見せた。

「悠君。こいつは今はこうやっていい大人ぶってるけど、実はとんでもない悪党だって知ってるかい」

北京《ペキン》ダックを齧《かじ》っていた悠は、それを聞いて目を見開く。

「浅羽さんは、悪党なんかじゃありません」

「それは君が知ってる浅羽のごく一部だよ。君と同い年の頃は、もてるに任せてずいぶん悪いこともしてきたよな。そうそう、何人同時に女の子と付き合えるかっていう競争も、したことがあったっけな？」

「吉住」

毒舌かつ口達者な友人を浅羽がきつく一瞥《いちべつ》するが、吉住はまったく悪びれない。

浅羽のかつての素行を吹聴《ふいちょう》しているというよりは、悠のうろたえる反応を見て楽しんでいる様子だ。長い足を高々と組み、紹興酒のグラスをぐいと空ける。

「君も知っての通り、うちの学校は男子校ながらに品行方正・清廉潔白を標榜《ひょうぼう》してるけど、俺も浅羽も幸い勉強はできたもんだから、遊ぶ時間はたっぷりあった。大学に入ってからは尚更だよな。司法試験に備えて法律の勉強をしながら悪い遊びを繰り返したもんだ」

「よく言うよ。一年目の短答式試験の前日に、二股かけてた女の子に家に乗り込まれて結局不受験の不合格になったのはお前だろ」

「浅羽はゼミ教官の奥さんに惚《ほ》れられて、私怨《しえん》から危うく卒論を却下されるところだったよな」

「あれは、先方が一方的に思い詰めてただけだよ」

「でも、あの奥さんは美人だった。言い寄られて悪い気はしないよな」

「…………」

何だか頭がくるくるする。つまり、浅羽は悠と付き合う前に、たくさんの色々な恋愛を経験していたということだろうか。

浅羽はもう大人だ。悠だって、浅羽が今まで恋愛経験が皆無だということは有り得ないと分かっているけれど、それを改めて言葉にされるとかなり衝撃だった。

「つまり、こぎつねくん。君の恋人っていうのは、とんでもなくもてるんだよ。俺が弁護士になったのは、親友のこいつが、いずれ恋愛のいざこざで刃傷沙汰《にんじょうざた》に巻き込まれたときに、いつでも弁護人になれるようにと思ってのことだ。俺はこう見えて、友達思いでね」

「お前に弁護されるくらいならいっそ無実の罪で地獄の果てまで堕《お》ちても悔いはないよ」

浅羽は無表情のままばっさりと吉住を切り捨てる。煙草《たばこ》を取り出して、酒を片手に火を点《つ》ける。

からかい半分、冗談半分、二人にとっては、いつも事務所で交わし合っている程度の戯《ざ》れ言くらいでしかないらしい。おいしいものを食べ、美味い酒を飲んで、すっかり寛《くつろ》いでいる今なら尚更だろう。

ショックを受けているのは、悠一人だけということだ。

「そうだ、悠君、面白いことを教えようか。今まで金曜日ごとにあちこち美味いレストランやら割烹に連れ出されていたんだって？」

悠はぎこちなく頷いた。

「うーん。じゃあ君は少し、難しい恋をしてると覚悟した方がいいよ。美味い飯屋を知ってる男っていうのはね、初心者の恋愛の相手には不向きなんだ」

「ど、どういうことですかっ」

悠はついついむきになって声を荒げた。吉住は憎たらしいくらい平然としている。

「美味いものをたくさん知ってる男は、たいていセックスを死ぬほど経験してる。セックスになんてとっくに飽きたから次は美食に走るのさ。よっぽど旨《うま》みがありそうな相手じゃなきゃ、今更食指が動かない」

悠はかあっと耳が熱くなるのを感じた。

何だか思い当たることがあったからだ。浅羽は悠とセックスをしないのだ。

「その辺でやめておけよ。少なくとも俺にとっては、食と恋愛に因果関係はない。だいたい、美味いものを知ってるっていうならお前だって相当だろ。俺だけ悪人にするのはよせ」

「いやいや、俺はまだまだ。だって悠君のこの初々《ういうい》しい色香にめろめろだからね。今すぐ速攻押し倒したいくらいだ」

とんでもなく過激な冗談ではあったけれど、悠はいっそうどきっとした。

じゃあ浅羽は？　浅羽は、悠とは全然セックスをしない。それは、浅羽が悠に欲情しないからだろうか？

悠はたくさんしてみたいけれど、浅羽はそう思っている気配すら見せない。二人きりでいるのが嬉しいと、夏期休暇に恋人の女の子と旅行に行くクラスメイトだっているのに、二人きりでいても、浅羽は悠に何もしてくれない。

恋人同士だと思っているのは悠一人なんだろうか。

それとも、悠にそれだけの魅力がないということなんだろうか。

「気にするなよ、悠。吉住が馬鹿げた冗談を好きなのは知ってるだろ」

浅羽はそう言ってくれたけれど、何だかすっかり混乱してしまって、頭の中はもうぐるぐるで、何だか喉《のど》が渇く。悠は目の前に置かれた小さなグラスをわしづかみにしていた。

それが酒だということも忘れて、一気に中身を空ける。

浅羽たちがあっと声を上げたときには、もう手遅れだ。火を飲んだように喉の奥がかっと熱くなった。口から胃にかけて、食道の位置がはっきりと分かるほどの熱さだった。

浅羽に急いで氷水を飲まされたがもう間に合わない。頭のてっぺんまで血が一気に駆け上る。

悠は立ち上がり、呂律《ろれつ》の回らない口調で、必死になって吉住に主張した。

「浅羽さんは、浅羽さんは、美味しいものばっかり好きじゃないもん」

自分を鼓舞するように、手のひらで思い切りテーブルを叩く。酒のせいで力が入らず、ぱしぱしと間抜けた音がする。

「ご馳走《ちそう》ばっかり食べてない。俺が作るご飯だっておいしいって言っていっぱい食べてくれるもんっ」

だから、浅羽は綺麗で恋に慣れた大人の相手とばかり恋愛をするわけじゃない。

しかしそこで、悠の意識はぷっつりと途絶えた。


気がついたら、悠は自室のいつものベッドの上で寝入っていた。

額には冷やしたタオルが載せられている。ベッドサイドには氷水と、ペットボトルに入ったスポーツドリンクが置かれていた。

起き上がると、頭がくらくらする。着ていたはずの制服は脱がされて、パジャマを着せられていた。

何があったかは憶えていた。

中華料理店で、吉住とのやり取りに興奮して、勢い余って紹興酒を一気に飲んだ。あっという間に酔っ払って、大声を出して拙《つたな》い自己主張までした挙句、そのまま引っくり返ってしまったのだ。

吉住が大笑いしていたのと、浅羽が大慌てで介抱してくれたのをぼんやり憶えている。

浅羽が店からタクシーでこのマンションに連れ帰ってくれたようだ。

「……浅羽さん」

「よかった、起きたか」

浅羽が振り返る。悠が目を覚ましたことに気付いて、スポーツドリンクのペットボトルを取ってくれた。悠はペットボトルに口をつけ、一気に中ほどまで飲んでしまう。まだ眩暈《めまい》が続いている。お酒を飲むとこんなに喉が渇くなんて知らなかった。

浅羽も吉住も、どうしてあんなのを飲んで平気な顔をしていられたんだろう？

「気分は？　頭痛や吐き気はしないか」

「……平気です」

「酒、初めてだったろ？　いきなりあんなにきつい酒を飲んで体がびっくりしたんだろう」

浅羽は悠の額に指先で触れた。悠は目を閉じる。冷たい指先がとても気持ちいい。

「でも、浅羽さんたちはすっごくおいしそうに飲んでましたよね」

「酒の味を教える前に、他の美味いものをもっとたくさん教えるよ」

苦笑と共に浅羽はそう言った。その言葉に、悠は吉住の言葉を思い出していた。

セックスなど、とうに飽いたから、美食に走る。

それは口の悪い吉住の露悪的な表現にしろ、浅羽が悠とそういうことをしないのは本当だった。

その事実は、今の悠をどうしようもなく不安にさせた。

浅羽は、悠の恋人は、今までどんな人と交際して、——どんな風に触れ合ってきたんだろう。

はっきりと分かるのは、浅羽と悠の間には十三歳という年齢の差があるということだけ。悠の年齢にも等しいほどの、長い長い年月だ。それはただ、歳《とし》が離れているという意味だけではない。その間、浅羽がどんな経験を積んで、何を考えて生きてきたか、悠には想像もつかない。

経験も違う。考え方も違う。恋愛に対する受け止め方も当然違う。

「浅羽さん、あの、あの、俺……」

悠は、暗闇の中で浅羽の顔を見上げた。

浅羽と、もう一度セックスしてみたい。今までの他の恋人にしていたのなら、悠にもたくさんして欲しい。

恋愛経験がほぼ皆無の悠にとって、好きな人と抱き合うことに難しい前提は何もなかった。それはただ単に、大好きな恋人に、たくさん触れたい、触れられたいという単純な欲求だった。

けれど浅羽は、まるでその行為には興味がなさそうだから。ずいぶん無頓着でいるようだから。悠はほんの少し、寂しさと焦《あせ》りとを感じていた。

今日、吉住に煽《あお》り立てられてからはいっそうだ。

恋人同士のはずなのに、何か重要なことが欠けている気がするとぼんやり思うばかりだった。

けれど、今、その気持ちは上手く言葉にならない。触れ合いを欲しがるのは、自分ばかりが浅羽のことを好きな証《あかし》のようで、それが浅羽には負担になるのではないかと思えて、何も言えなくなる。

「……北京ダック、美味しかったです。フカヒレのスープも」

「デザートの杏仁豆腐《あんにんどうふ》は食べ損ねたな」

浅羽は悠の髪を撫で、優しく笑ってくれた。

「あの店は、桃饅頭《まんじゅう》も美味いらしいよ。白餡《しろあん》が透けて見えて絶品らしい」

「俺、最近甘いものは食べないんです」

悠はおどおどと浅羽から視線を逸らす。

「何か、前にいっぱい食べてたから……飽きちゃったのかも。それに、もう味覚が大人になったのかも」

自分だって大人なのだと、悠は必死になって虚勢を張った。

大人なのだから、浅羽の相手だってできると思う。暗にそう伝えたつもりだった。

「こんなに小さいのに、大人なんてわけないだろ。君はまだまだ可愛い子供だよ」

後頭部を抱き寄せられ、こつんと額を合わされる。子供にするようなその仕草がいつもならすごく嬉しいのに、今はただもどかしさばかりを感じる。

気持ちがちゃんと届かないみたいで、胸が痛くなる。

「今度は神崎君も誘おうか。吉住はいつもいい加減なことばっかり言ってるけど、中華は大勢で食った方が美味いっていうのは正解だ」

その時、カーテンの向こうの夜闇がふんわりと明るくなった。雲が流れて、月光が差し込んできたのだ。

ついこの前は半月だった月が、ずいぶん満ちている。

「月……」

振り返ると、薄暗闇の中で、悠は浅羽と目が合う。そのまま沈黙している金色の光の中で、喉がこくんと鳴るほどの緊張感を感じる。

浅羽がほんの少し、身動《みじろ》ぎした。二人の距離がわずかに縮まる。

キス、されるのかな。

不意に感じた期待と緊張に、悠は眉間《みけん》に皺《しわ》が寄るくらいぎゅっと目を閉じてしまった。睫《まつ》毛《げ》が震えて、あたかも食べられるのを怯える小動物のように見えたのかもしれない。

浅羽はしばらく、悠の顔を見下ろしていた。

やがて、張り詰めていた空気がふっと緩む。浅羽が微笑したからだ。

「バカ。吉住の言うことなんか真に受けるなよ」

そんなに警戒しなくてもいい。そう言って、額を突かれた。

酔いが醒《さ》めたら風呂を使うように言い残して、浅羽は部屋を出て行った。

取り残された悠は、結局触れてもらえなかった唇を手の甲で覆った。

「……ばかみたいだ」

浅羽と出会うまでは、生きてるだけで精一杯だったくせに。甘いものを食べることでしか心を慰めることを知らなかった。

それなのに、今はこんなにも欲しがりで、欲張りで、我儘で。しかも幼稚——子供、なのだ。

きっと、浅羽が触れてみたいと思うような魅力なんかどこにもない。

浅羽がいなくなった部屋で、悠は一人、再びシーツの上に丸くなった。

「………月ばっかり、お腹いっぱい」

満ち満ちていく月を、ほんの少し恨めしい気持ちで見上げていた。


次の金曜日は雨だった。

補講を終えてふと携帯電話を見ると、神崎から着信が入っていた。

急いでこちらから折り返すと、浅羽の仕事の都合で今日の食事はキャンセルということだった。

「悪い人に連れさらわれたりしない明るいうちに、気をつけてお家《うち》に帰るように、先生がおっしゃってたわよ」

まるでお使いに出た子供のように言われて気恥ずかしくなる。

そういえば、先週の金曜日も約束に遅れて来た浅羽はこの一週間も、またものすごく忙しそうにしていた。

起き出すと朝食を食べるのもそこそこに、慌しくマンションを出る。ビジネスバッグには書類とノート型パソコンをつめていて、オフィスには寄らず、依頼人との打ち合わせや裁判所に直接赴く。

木曜日の昨日は珍しく、午後から半日オフィスにつめていたが、来客があってずっと応接室に籠っていた。二十代半ばの美貌《びぼう》の女性依頼人で、吉住の関係者なのか、彼も同伴でやって来た。

どこか緊迫した雰囲気で、いつもはふざけてばかりいる吉住も厳しい表情をしていたのが印象的だった。

そしてぽっかりと予定が空いた金曜日の昼下がり。森本たちと賑やかにラーメンを食べに行った後、悠は一人で近くのコンビニに向かった。

先週、偶然に教会の存在を知ってから密かに考えていたことだった。

チョコやクッキーなどのお菓子を買い込む。悠は最近、買い食いをしていないので、新製品のことがすっかり分からなくなっていた。どれくらいの量を買ったらいいかもよく分からなかったので、色んな種類を大量に買った。それから、先週見つけた教会へと向かった。

門は先週と同じく開かれていた。そこをくぐり、綺麗に手入れをされた芝生を抜けるように、煉瓦のアプローチを歩く。

雨の日のことで、先週は子供たちが遊んでいた庭園に人気《ひとけ》はない。

教会の正面玄関は三角屋根が張り出していて、アーチ状の短い通路が扉まで続いている。

悠はそこで静かに傘を閉じた。

人の気配はなく、雨音だけが続いている。

閉じられた両開きの扉に、ノッカーか呼び鈴がないかと思ったが、それらしきものは見当たらない。真鍮《しんちゅう》のドアノブに手をかけると、鍵は開けられていた。

扉には金色の装飾が横一列に走っており、筆記体の英文が麗々《れいれい》しく刻まれている。その文字を悠は指先で追いながら読んだ。

『求める者たちのためにこの扉は常に開かれている』

古めかしい呪文のように厳かで、けれど不思議に優しい言葉だ。悠は勇気を持って両開きの扉をそっと押し開いた。

石の床を一歩踏み出すと、ひんやりとした空気に素肌を押し包まれる。

雨音が響く天井は高く、ステンドグラスの非現実的な彩りが左右の窓を飾る。晴れた日に陽が差したらさぞ美しいだろう。色とりどりの光が交差する様子を思い、悠は一瞬陶然となった。

湿度の高い空気には、百合の香りが満ちていた。真正面の祭壇には濃紫《のうし》の布地が敷かれ、そこに十字架が掲げられている。

あまりの神々《こうごう》しさに悠はしばらくそのまま立ち竦んでいた。

正面左手側の扉が開き、黒衣の女性が一人、姿を現した。白百合を抱いた、年配のシスターだ。質素な修道服に、黒いベールを被っている。立ち襟と胸元だけは白い布地が使われ、そこに銀の十字架《ロザリオ》がぶら下がっていた。

祭壇の前に飾られた百合の花を交換するらしい。悠を礼拝に来た信徒だと思ったのか、軽く会釈《えしゃく》をする彼女に、悠は思い切って声をかけた。

「……………こんにちは」

コンビニの大袋を両手に抱えている男子高校生に、シスターは不思議そうに首を傾げる。

「はじめまして。あの、俺、桜光学院の高等部の一年生で、小川悠と言います。ええと、この前、この教会の敷地で遊んでる子供たちを見かけて……」

口上はいろいろと考えていたつもりなのに、生来《せいらい》の上がり性で上手くものが言えない。

子供たちがここで生活をしていると聞いて、お菓子を持って来た。よかったら食べてもらいたい。そう伝えようと思うだけなのに、だんだん顔が火照ってくる。

百合の花束を抱えたまま、シスターは静かに悠を見ている。

「あの、このお菓子を、ここにいる子供たちに渡して欲しいんです」

両手に持っていたお菓子を、おずおずと差し出した。

それから悠はぱっと頬を赤くさせた。もしかしたら、自分はものすごく迷惑なことをしているんじゃないだろうか。

お菓子とはいえ、食べ物なんて、貰ったら一番処分に困るものだ。見ず知らずの高校生が持って来た食べ物を、小さい子供たちに気軽に食べさせられるわけがない。食べ物を贈るという行為には、先に信頼関係がなければならない。

悠も、初めて浅羽に食事に連れて行かれたときには困惑した。

彼は悠よりずっと大人だったから、色んな意図を強引さで押し隠し、あっという間に悠の心を解きほどいてしまったけれど、最初は彼を酷《ひど》く警戒したし、正直怖くもあった。

いつしか彼が手ずから差し出してくれる食べ物すら口にするようになったが、それは浅羽のことを心から信頼していたからだ。自分が贈られて嬉しいものを、別の誰かが喜んで受け取ってくれるとは限らない。

悠は自分の考えなしが恥ずかしくなった。

「あの、ええと、俺、四年前に両親を事故で亡くしています。今は親切な方にお会いしてお世話になっていますが、こちらで身寄りのない子供が生活してるって聞いて、どうしても気になって」

しかし、こんなところで身の上話をされても迷惑だろう。

「……お菓子、もしご迷惑なようでしたら、捨てて下さい」

悠はますます焦って真っ赤になりながら、とりあえず、買ったお菓子だけは傍の座席に置いた。頭を下げ、大急ぎで立ち去ろうとしたが、柔らかな声が悠を引き留める。

「お待ちなさいな」

振り返ると、シスターは百合の花を抱えたまま、おっとりと微笑《ほほえ》んだ。

「まだ雨も強くなるようですよ。よければ上がってお茶でも飲んで行きませんか」

古めかしい教会の佇《たたず》まいと正反対に、子供たちが暮らすスペースは明るく真新しい近代的な建物だった。

敷地の一番奥にある三階建ての施設の内装は、アイボリーや天然木で優しく整えられ、食堂や寝室、浴場などの日常的な施設の他に、図書室、広いプレイルームが設けられている。

ここでは三歳から十二歳の子供が暮らしているとのことだった。

基本的に身寄りのない、肉親には二度と会えない境遇にある子供たちだという。それを聞かされた後、悠はプレイルームに通されて、シスターから子供たちに紹介された。簡単に部外者への物珍しさもあったのだと思う。けれど、子供たちは悠の周囲に集《つど》い、遊んで、遊んで、とせがんで来た。

まだ足元が覚束《おぼつか》ない幼児が、こちらを目指してよたよたと一生懸命に近付いて来る様子はとても可愛らしかった。手を差し伸べると、無垢《むく》な眼差《まなざ》しが悠を見上げる。「あげる」と舌足らずな口調でチョコレート菓子――と言っても悠が持って来たお菓子ではあるのだが――を手渡してくれる。

もうミルクを飲んでいる子供はいないというのに、周囲には不思議と甘い香りが立ち込めていた。

砂糖がたくさん入ったお菓子とも違う、子供独特の心安らぐ甘さだった。

悠も夢中で、遊んであげたのか、遊ばれたのかよく分からない。

夕食が始まる時間になるまで、悠は子供たちと一緒に絵本を読んだり、輪になって歌を歌って過ごした。

辞去するときに、また来てもいいだろうかと、おずおずとシスターに尋ねると、笑顔でいつでも来てかまわないと応じてもらえた。

自分が何かの役に立てると悠は思っていない。たとえば浅羽が悠を庇護してくれるように、子供たちを支えることなど到底無理だ。清潔な場所で大切に育てられている子供たちに、過去の自分を重ねるのも身勝手なような気がする。

けれど、悠にはこの教会で育つ子供たちがどうしても他人とは思えなかった。

他人ではない。親がないという同じ境遇にある、弟や妹だった。小さな弟妹《きょうだい》のために、自分にできる精一杯のことがしたかった。

今日あった出来事を、まずは浅羽に話したい。

けれど結局その日、浅羽はマンションには帰らなかった。携帯には、今日は仕事が忙しくてどうしても帰れないというメールが届いた。

『ちゃんと戸締りをして、何かあったら必ず連絡を。夜更《よふ》かしは絶対にしないように』

それでも、もしかしたら早めに仕事が片付いて、マンションに戻って来るかもしれない。

浅羽を待って、午前二時までは、居間のソファでテレビを見て待っていたのだが、途中で眠り込んでしまったらしい。朝になって目を覚ますと、悠は自分の部屋のベッドで眠っていた。

寝惚《ねぼ》け眼《まなこ》のまま居間に向かうと、テーブルの上には、急用があってこのまま外出する旨《むね》のメモが残されていた。

その週末、浅羽はマンションには帰って来ず、悠は浅羽に会えなかった。

それが不安な日々の始まりだと、悠は知らずにいた。


悠は事務所の給湯室で、お湯を沸かしている。

例によって応接室には朝から吉住が来ている。

日本茶は、もう自分一人できちんと淹れられるようになった。神崎は自分が淹れるより美味しいと褒めてくれる。

自分にできることが増えると、やっぱり嬉しくなる。

教会の子供たちは、飲み物はココアが大好物なのだそうだ。チョコレートとココアという甘い取り合わせのおやつを嬉々《きき》として食べていた。

緑茶はまだ口に合わないだろうが、休憩中のシスターたちに喜んでもらえるかもしれない。

今週はどんなお菓子を持って行こうかな。夏場だから、アイスクリームでもいいかもしれない。

茶葉を蒸らしている間、子供たちの笑顔を思い浮かべながら、けれど悠は悄然《しょうぜん》としてしまう。

今日は月曜日。結局、浅羽は日曜日も帰って来なかった。

今朝、二日ぶりにオフィスで顔を合わせた浅羽は酷く緊張感を漂わせていて、何となく悠が話しかけられる雰囲気ではなかった。連日、浅羽がどんな仕事内容で忙しかったのかと、それも尋ねていない。ここではあくまでただのアルバイトにしか過ぎないのだから、出すぎた真似《まね》は控えるべきだと思った。

けれど先週の浅羽は、酷く忙しそうで、金曜日のいつもの夕食はキャンセルで、土日はマンションにさえ帰って来なかった。悠の携帯には慌しい連絡が入り、オフィスに泊り込むことが告げられただけだった。

同居を始めて六ヶ月、こんなことは初めてだ。

結局、教会で子供たちと遊んだことも、まだ浅羽には話せていない。

蒸らした茶葉にお湯を注ぎ、湯飲みを揃《そろ》えていると、長身が給湯室の入口を塞《ふさ》いだ。

浅羽と打ち合わせをしているはずの吉住が立っている。やや派手好みの彼は今日は黄色のシャツに紺色のネクタイを締めている。

「吉住さん……」

「浅羽は今、電話中。それは？　俺のお茶？」

「はい。もうじきお運びします」

「俺は煙草吸いだから実はコーヒーの方が好きなんだよな。緑茶だと健康的すぎて、どうもね」

それは神崎も知っていることだった。しかし、「吉住先生を甘やかしちゃダメよ。居心地をよくするといつまでも居座ってるんだから」ということで、わざと緑茶を出すのだそうだ。

悠は神崎のようにクールに割り切れず、怯えながらも、つい、相手を気遣ってしまう。

「冷たい麦茶だったらあります。出しましょうか？」

「サンキュ。もらおうかな」

冷蔵庫で冷やしていたタンブラーからグラスに麦茶を注ぐと、吉住は半分ほどを一気に空けた。

そしてさり気なく、悠を捕まえるようにこちらに近寄って来た。

悠は咄嗟《とっさ》に傍のトレイを腹の辺りに当てた。この前はいきなり手首を掴まれて、タクシーに連れ込まれかけたのだ。腹部をガードして、上目遣いで精一杯吉住を睨む。

「お、防御に磨きがかかったな」

無言でじりじりと給湯室の奥に後ずさっていく悠に、吉住は苦笑している。だけど、悠がどこかしょぼくれていることに気付いたらしい。

「どうした？　何だか元気がないな。浅羽に叱られでもしたか？」

浅羽の名前が出た途端、悠はますます萎縮《いしゅく》する。

しかし吉住はとことん口が悪く、悪ふざけが好きなだけで、悪い人ではない。

「いいえ、あの、たいしたことじゃないです」

そう言って俯《うつむ》いたが、吉住に目で促《うなが》されて、悠はここのところの不安を口にした。

「あ、浅羽さんが、最近お忙しそうで、土日もマンションに帰宅されないで、こっちに泊り込みをされてたみたいで」

「ああ……」

吉住は合点《がてん》がいったように、呟《つぶや》いた。空《から》になったグラスを、ご馳走さん、とシンクに置く。

「何だ、そんなことで拗《す》ねてるのか。浅羽に放り出されて、寂しいか？」

「拗ねてなんか、いません」

「心配しなくても、あいつは浮気なんかはしてないよ。俺も一緒にここに泊り込んでたんだからね」

「浮気とかも、そんなのも疑ってなんかいませんっ」

悠は少しむきになって反論した。それからしおしおとうなだれる。

「でも、一緒に暮らし始めてから今まではこんなことなかったから……このオフィスには、ソファはあってもゆっくり休めるベッドとかもないし、あんまりお忙しいと浅羽さんの体が心配です」

「そんなに心配なら、あまり無理しないで欲しいって浅羽に直接話しかけてみたらいい」

「……俺がそんなことを言っても、いいんでしょうか」

吉住は煙草をだらしなく咥《くわ》え、不思議そうに首を傾げている。

そうだ、吉住にはこんないじけた感情はまったく理解ができないに違いないのだ。長年の親友同士で、浅羽とはお互いに何の遠慮をし合うこともない。

「俺が、浅羽さんのことを心配するなんて差し出がましいです。自分のこともろくにできないのに、浅羽さんのお仕事に余計なこと言えないです」

浅羽の体調が心配なのも本当だけど、単純に、浅羽が傍にいなくて寂しいという気持ちもある。

浅羽に養われている身分で、それを訴えるのは図々《ずうずう》しいというものだ。浅羽には責任の重い仕事がある。それを確実にやり遂げることが最優先で、連日オフィスに泊り込まなければならない非常事態に、悠の甘えなど一番後回しに顧《かえり》みられるべきものだ。

厚かましいことを言って、浅羽に嫌われたくなかった。

「……君は本当に浅羽のことが好きなんだな」

いつものからかう口調ではなく、微笑ましそうに言われて、悠は真っ赤になった。

「そんなに心配なら、何であいつが最近そんなに忙しいか、俺が教えてあげてもいいかな」

「ほんとですか？」

「うん。ほんとは浅羽には口止めされてるんだけど、俺は君もあいつの現状を知っておいた方がいいと思うな。浅羽は秘密主義が過ぎるんだ。恋人を不安にさせるなんて、男としては最底最悪だね」

「そんなんじゃありません。オフィスにいる今は、浅羽さんは俺の雇用主だから、余計なことはおっしゃらないだけです」

「お、弁護士相手になかなか言うじゃないか、『こぎつねくん』」

悠はいつも通り、茶化されて突き回されてしまう。

長身の吉住は、冷蔵庫に頬杖をついて、にこにこと笑っている。

「そうだなあ。じゃあキス一回で色々教えてあげようかな」

「………ええ？」

今まで悠を元気付けてくれている様子だったのに、またおかしな茶々を入れ始める。

悠はいきなりキス、と聞いて真っ赤になった。

「そんなことはイヤです」

「ちゅってするだけだよ。浅羽みたいに舌を出し入れしたり歯の裏をくすぐったり、いやらしい真似はしないよ」

「浅羽さんはそんなことしないですっ！」

「あれ、しないの？　変わった奴だな」

悠はいっそう真っ赤になった。いや、本当は似たようなことは、したことがあるけれど。

他の人とはするべきことじゃない。したくない。

でも、浅羽が何か隠してるなら、教えて欲しい。

心がぐらぐら揺れる様《さま》が、表情に表れていたらしい。

「まったく、そそられるなあ、その一途《いちず》さ。浅羽がぞっこんになるはずだ」

「あっ」

腰を防御していたトレイをひょいと奪われ、さらに腰を攫われる。壁際に追いつめられ、もうキスするかのように、顔を近付けられる。ぽかぽか背中を叩いて抵抗したが、体格が違いすぎてまったく応《こた》えていない。

「放して下さいっ」

「しい。大きな声を出したら浅羽に聞こえるよ。見付かってとっちめられる。あいつは君にするのと違って、俺には手加減がないから」

それから感心したように、悠の腰に腕を回す。

深く抱き締められる。浅羽の匂いとは少し違う。浅羽よりたくさん煙草を吸うせいだろうか。

シャツからは、香ばしい煙の匂いがした。

どうしよう、どうしようと悠は目が回る思いだ。

浅羽が多忙でいる理由を知りたいのも本当だ。だけど、浅羽以外の人と、キスするなんて怖い。

――やっぱり、やっぱりイヤだ――

その時、ごん！　とものすごい音がして、吉住がうっと前のめって蹲《うずくま》った。

限りなく憮然とした表情の浅羽がトレイを片手に吉住の背後に立っている。

「また悠に余計な真似をしてる。お前、本当にいい加減にしないとこの事務所には立ち入り禁止にするぞ」

足元に蹲ったまま、頭を手で押さえた吉住が恨めしそうに振り返る。

「……乱暴な奴だな。お前今、トレイの全面使わずにわざわざ角で殴っただろう」

「自業自得だ」

トレイをシンクに投げ捨て、浅羽は冷たく吉住に言い放つ。その鋭い眼差しがこちらに向けられて、悠は思わず居竦んでしまった。

浅羽はワイシャツの胸ポケットから、見慣れない小型の機具を差し出した。ライターくらいの大きさで、グレイの本体に赤いボタンがついている。

「悠、これを持っておいで。防犯ブザーだ」

その言葉のものものしさに悠は少し不思議な気持ちになった。どうして突然、そんなものを手渡されるのか。

吉住は小さな機械を見て、一瞬、意味深に目を眇《すが》めたようだが、すぐに場の空気を和《なご》ませるようにおどけた顔をする。

「何だよ。さすがに俺だって青少年にそこまで悪さを働いたりしないぞ」

「物騒な世の中だから、何でも警戒しておいた方がいいんだ。お前、さっき応接室に置きっ放しの携帯電話が鳴ってたぞ。会社から緊急の連絡じゃないのか」

吉住が殴られた頭を押さえて、慌しく給湯室を出て行く。

その場に浅羽と二人きりになった。浅羽に会いたかったはずなのに、こうして向き合っていると、酷く緊張した。

浅羽はどうしてか、酷く不機嫌そうだ。腕組みをして、シンクの傍に立ち竦む悠を見下ろしている。吉住のために淹れた冷たい麦茶のグラスをちらりと見遣《みや》って、どうしてか眉を顰めた。

「悠」

「は、はい……」

「君は与えられた仕事だけをきちんとこなしなさい。吉住に煽《あお》られてあれこれ目が行くのは分かるけど、まずは自分の仕事だけを考えるように。そうでないとここでのアルバイトは辞《や》めてもらうよ」

浅羽の声音は存外に厳しかった。どうやら、吉住との会話が聞こえていたらしい。浅羽の現在の仕事内容をキス一つで教える、教えないとやり取りしていた内容だ。

悠はすっかり萎縮してしまっていた。そして、つい吉住に誘惑されそうになった自分に強い罪悪感を覚えた。浅羽の仕事上の秘密をキス一つでやり取りしようなんて、軽はずみにもほどがある。

「ごめんなさい……」

「謝らなくていい。ただ、俺はしばらく忙しくて、マンションにはあまり帰れそうにないんだ。だからしばらく俺の分の食事はいらない」

思いも寄らない言葉に、悠は目を見開いて浅羽の顔を見上げる。

しばらくってどれくらいだろう。今だって忙しそうで、マンションでもオフィスでもあまり顔を合わせられないのに。

でも、そんなこと、尋ねられない。恋人なら、尋ねることができるかも知れないけれど。

悠には今、自分をそんなふうに思う自信がなかった。

「……分かりました」

「食事は必ず毎食きちんと食べなさい。自分で作っても、デリバリーでもかまわないから、栄養のあるものをたくさん食べること。お菓子でごまかしたりするのは禁止だ。後で、何を食べたかきちんと尋ねるよ」

「は、はい」

お菓子を食べるのは、禁止。

悠に厳しい命令を言い残して、浅羽は応接室に戻って行った。お茶は、今はいらない、と言われてしまう。

悠はどこまでも突き放されたよう気がして、心底しょんぼりしてしまった。

二人分のお茶は神崎と悠のものになる。コンピューターを操作していた神崎は肩を竦めた。

「あら、お茶はキャンセル？　ずいぶん切羽詰《せっぱつま》られてるみたいね」

「お仕事、すごくお忙しいみたいです」

「そうね、先週末も吉住先生とここに泊り込みをされてたみたいだし……少し難しい案件だけれど、でも悠君が心配することは何もないの。浅羽先生はもちろん、吉住先生だってとても有能な方なんだから」

神崎はそう言って悠を安心させてくれる。悠はようよう、ぎこちない笑顔を取り戻すことができた。そうだ、大丈夫。

何も心配しなくていい――してはいけない。不安や寂しさを募《つの》らせると自分がどんな行動を取るか、それを思うと少し怖い。

その時、オフィスの電話に外線の着信があった。

「あ、電話」

電話はコールが三回までに取るのが原則だ。三回を過ぎたら、お待たせしました、と言葉を添える。

「お待たせしました、浅羽法律事務所です」

しかし、返って来たのは沈黙だけだった。不思議に思って、もしもし、と声をかけてみたが、応答はない。不自然な沈黙があるばかりで、じきに通話が切れてしまった。

「どなたからだった？」

神崎に尋ねられる。悠は丁寧に受話器を置いた。

「間違い電話だったみたいです。何も言わずに切れてしまいました」

「――そう」

神崎が眉を顰めた途端、また電話のベルが鳴り響く。悠は急いで受話器を取り上げた。

「はい、浅羽――」

しかし、またもや通信はすぐに切れてしまう。不思議な気持ちで瞬《まばた》きをしながら、悠は受話器を眺めた。発信番号を確かめたが、非通知の表示があるばかりだった。

「また無言だった？」

「はい、番号は非通知になってました」

神崎はやや緊張した面持ちで、さっとデスクから立ち上がった。

「悠君、ここはいいわ。悪いけど、ちょっと法務局にお使いに行って来てもらおうかな。あちこち回るから、多分、今日は四時を過ぎると思う。そのまま直帰してね」

不安な表情の悠に速やかに執《と》り成《な》すように言って、神崎は電話機を手早く操作した。非通知の着信は着信拒否になるように設定したらしい。ずいぶん手馴《てな》れていて、こんなことは初めてではないと悠にもすぐに分かった。

「……何か、あったんですか？」

「いいえ。悠君が気にすることじゃないの」

不安な表情でいる悠に、神崎はいつもと変わらない笑顔で法務局に提出する書類の説明をしてくれる。

「そうそう、浅羽先生が防犯ブザーを下さったでしょう。あれ、ちゃんと持って行ってね」

「でも俺、もう子供じゃないです」

「駄目よ。今はいつ誰がどんな事件に巻き込まれるか分からないんだから。大人に言われたことはきちんと守りなさい」

悠が大判の封筒に入った提出書類の枚数を確認していると、今度はＦＡＸが鳴り出した。ＦＡＸは異様なほどの速さで何かを印字し始める。印刷済みのトレイにどんどんたまっていくのを悠は呆気に取られて見ていた。

「私が見るわ。悠君は、出かける用意を――」

神崎に促されたが、悠はＦＡＸに近寄って、吐き出された紙を手に取った。

そこには、何も書かれていなかった。

無言電話と同じだ。不気味なほどの執拗《しつよう》さで、白紙が、誰かから延々と流されていたのだ。

神崎は気にしなくていいと言ったけれど、悠は気がかりで仕方がなかった。

無言電話に白紙のＦＡＸ。どれもが悪意の籠った嫌がらせとしか、思えなかった。

神崎に大丈夫なのかと尋ねたら、浅羽にはきちんと相談しておくし、あまりにも不穏なようなら警察にも届けておく。悠は何も心配しなくていい。いつものてきぱきとした様子でそう言ってくれた。

深刻だからか、それとも却《かえ》って法律事務所にはありがちな些細《ささい》なことだからなのか、詳しい内容は教えてはもらえなかった。

だけど、浅羽があまりに多忙なことといい、この事務所では確かに、よくないことが起きているような、そんな気がする。

それなら、吉住に頼んできちんと教えてもらえばよかったな、と思う。浅羽以外の人とキスをするのは嫌だけれど、浅羽やオフィスに何が起こっているのか、自分だけ蚊帳《かや》の外にいるのもつらかった。

「お兄ちゃん、お兄ちゃん」

子供たちの声に、悠ははっと我に返った。

悠は今、聖ルカス教会の付属施設を訪れているのだ。

子供たちがそれぞれお気に入りの絵本を手に、悠の周りをくるくる回っている。

最初は補講がある金曜日だけのつもりだったが、悠はアルバイトが直帰になった日にも、教会に立ち寄るようになった。

あまり頻繁《ひんぱん》に来ても迷惑かと思ったが、マンションに帰っても悠一人きりだし、シスターたちは歓迎してくれる。集団の子供たちのパワーというのはまったく凄《すさ》まじいもので、面倒を見る大人の手はいくらあっても足りない。悠のような高校生でも、ボランティアとして何とか役に立てているようだ。

何より、悠に懐いてくれている子供がいることが、悠にはとても嬉しい。

悠は歌も上手に歌えないし、楽器ができるわけでもない。だから、絵本はなるべく心を込めて読んだ。

悠の膝の上が一番の特等席らしい。左右に二人が座って、床に置いた絵本を取り囲むように子供が座り込む。悠の背中に腹を当てるようにしてくっついて、肩から覗き込んでいる子もいる。

何度も読んでいる絵本なのに、子供たちは目を見開き、瞳を輝かせて物語の行く末を見守っている。

「そうして二人はしあわせに、しあわせに暮らしました。おしまい」

読み終わる傍から、別の子供が今度はこれを読んでと絵本を手渡してくる。

悠が手に取ったのは、初めて見かける絵本だった。

一人ぼっちのこぎつねが主人公の、日本の童話だった。

美しい挿絵に惹かれるように話を読み進めて、悠はつい、朗読を中断してしまった。ちょっと待ってねと子供たちに声をかけ、その絵本の背表紙を眺め、一枚目の挿絵からまじまじと読み返した。

そういえば、悠も小学生の頃、国語の教科書で習った憶えがある。

なぜ、浅羽が悠のことを時々「こぎつね」と呼ぶのかやっと気付いた。

「こぎつね」とはこの絵本の主人公のことだ。

物語の中、「こぎつね」は猟師のために、きのこや木の実をたくさん集め、毎日毎日届けに行く。それは以前、浅羽のために、自分のお気に入りの菓子を山盛りにビニールにつめて届けに行った、悠の行動とまったく同じなのだった。

浅羽ももちろん、この童話を知っていたのだろう。だから悠を「こぎつね」と呼ぶのだ。

「お兄ちゃん、お話の続き読んで？」

「お兄ちゃん、お話の、つづき」

たどたどしい口調で左右からせがまれて、悠は慌ててページをもとに戻した。

「こぎつね」と呼ばれる。その理由が分かって、すっきりするよりも複雑な気持ちがして、今ひとつ朗読に身が入らない。童話の「こぎつね」になぞらえられるほど、自分の行動が子供っぽかったのかと淡い後悔が滲《にじ》んだ。

傍の開いた窓からは、気持ちがいい風が吹き込んでいた。

その風に、不思議な音色が混じっていることに悠は気付いた。

子供たちが「オルガン」「オルガン」と言って騒ぎ始める。来週の日曜日にここで結婚式が挙げられるらしく、その時に演奏する賛美歌の予行練習が教会で行われているというのだ。

悠は子供たち数人を引き連れてプレイルームを出、そっと教会の中に入った。

しぃー、しぃー、と唇に指をあてて、息を潜める。

入口の扉の、すぐ真上が二階席のバルコニーになっており、パイプオルガンが備えられている。壁一面に金色の管《くだ》がずらりと並び、そこから教会という場所に相応《ふさわ》しい、荘厳《そうごん》な音が放たれていた。

鍵盤《けんばん》に向かっているのはまだ若いシスターだ。

手を繋いだ子供たちと共に、悠はその音色に聞き入っていた。

「目覚めよと叫ぶ声が　聞こゆ」。聖歌二九六番「主よ、御手もて」。

そして有名な、聖歌六〇七番「いつくしみ深き」だ。

いくつしみ深き　友なるイエスは
罪とが憂いを　とり去りたもう
こころの嘆きを　包まず述べて

などかは下ろさぬ　負える重荷を

カトリック系の学校に通っているから、悠も朝のＨＲ《ホームルーム》で聖歌を斉唱することがある。だから何曲かは、ところどころ歌うこともできる。

悠は目を閉じて、パイプオルガンの音色に聞き入っていた。何て綺麗な音楽なんだろう。高らかに、真っ直ぐ空へと駆け上がる祈りの声のような音色。

地上の切《せつ》なる祈りを、神様に届けるための音楽だ。

カンタータや聖歌が次々に奏でられる中、ややポピュラーな楽曲がかかった。子供たちも手を繋ぎ、肩を左右に揺らめかせて、気持ちよさそうにハミングしている。聖歌ではない。けれど、度々耳にする。それもすぐ身近で聞いたことがある曲だった。何か懐かしいような、心が涼しくなるような旋律だ。体いっぱいに暖かな光を浴びているような、幸福な気持ちになる。

この曲は何ていうタイトルなんだろう？　シスターが練習を終えて下りて来たら後で尋ねてみようか。

その時、すぐ背後から熱心な視線を感じて、悠は振り返った。

「智哉《ともや》君」

開きっ放しになった両開きの扉の陰に、一人の子供が身を隠すようにして立っていた。大きな真っ黒い目を見開いて、じっとこちらを窺《うかが》っている。智哉という、五歳の男の子だ。

悠はしゃがみ込んで、智哉と視線を合わせる。

「智哉君、こっちにおいで。一緒に聞こうよ」

智哉はしばらく悠の手元を見ていたが、黙って小さな頭を横に振る。そして踵《きびす》を返すと、怯えたように逃げて行ってしまった。

確か、この園に入って二週間になる子供だと、シスターたちには聞かされていた。園児たちになかなか馴染《なじ》めずいつまでも遊びの輪に入らない。たいてい門柱の傍で膝を抱えてじっと座っている。そうでなければ、野外の砂場で一人遊びをしている。とにかく、門扉《もんぴ》が見える場所から動こうとしないのだ。

熱射病になったらことだからと建物の中に入れるが、気がつくとまたもとの場所に戻っている。

仕方なく、シスターたちは帽子を二重に被せ、三十分に一度は休憩と水分補給をさせているようだ。

けれど今は、パイプオルガンの音色が珍しく、ついつい教会まで引き寄せられて来たのだろう。

「智哉君がいたの？」

たまたま開きっ放しになっていた扉の前を、シスターの一人が通りかかった。一番初めにこの教会で白百合の花束を抱えていた年配のシスターだ。

「はい、今そこに一人で立っていたので、中に入るように誘ったんですけど……」

「そう、歳が近い悠君が言っても聞かないのね」

シスターは少し悲しそうに目を伏せた。歳が近いと言っても、五歳の智哉とでは十一歳も離れているのだが、このシスターから見れば悠も智哉も同じ子供であるらしい。

悠の周囲にいる子供たちに、優しい笑顔を向ける。

「おやつの用意ができていますよ。皆さんは食堂にお行きなさい」

子供たちはわっと歓声を上げて、一目散に食堂へと駆けて行く。シスターは門柱の傍に座っている智哉を心配そうに眺めている。

首からかけた十字架が、聖堂の薄い闇の中、美しく光り輝いていた。

「あの子はね、お母さんが迎えに来られるのを、あそこでじっと待ってるの」

「……お母さんを？」

「この園では、基本的にご家族には二度と会えない子ばかりを預かっているのだけれど」

言い淀《よど》むシスターの言葉の意味が、悠にも分かった。

二度と会えないと言っても、死別ばかりが原因ではないのだろう。事情があって親子共に暮らせなくなった子供もここに引き取られているのだ。

智哉の場合がそれにあたる。智哉の母親は、「いつか迎えに来るから」と言って、離れたくない、置いていかないで、と泣く智哉をこの園に預けて行ったのだそうだ。

智哉は母親のその言葉を信じて、あの暑い日向《ひなた》の中、じっと迎えが来るのを待ち続けているのだ。

悠は小さな背中を見つめ、切ない気持ちになった。

「お母さんにもきっと色んな事情があったんだと思うけど、いつか迎えに来るなんて言われたら、やっぱり期待してしまいますよね。あんな日向にいて、暑いに違いないのに」

いつか、という言葉の曖昧さは、子供には酷だ。それは一年後、三年後――もしかしたら十年後を指すのかもしれない。

けれど、今日かもしれない。明日かもしれない。今すぐ迎えに来てくれるかもしれない。そんな風に親に期待してしまうのは、子供ならば当然だ。

どんな事情があったのか、もちろん悠が立ち入るべきことではないが、いつとは伝えずに迎えに行くからと言葉を残すのは、あまりにも残酷なのではないだろうか。

「そうね。本当に二度とご両親に会えない子供たちに比べたら、智哉君は幸せなのかもしれないけれど……それでもああして何も言わずに待ち続けてる姿を見ると、どうしても不憫《ふびん》な気持ちになるわね」

智哉は日向で、相変わらずじっと膝を抱えている。

悠はその子供に近付き、食堂に美味しいおやつがあるよと誘ってみたが、身動ぎもしない。

強い陽射しの下で、迎えに来てくれる母親を待つ小さな子供は、悲しいくらいに無表情だった。

教会からは、先ほどの音楽が流れてくる。

タイトルの分からない楽曲を、悠は切ない気持ちで聞いていた。

浅羽とは、すれ違いの生活が続いていた。

携帯電話には、時々連絡がある。悠はだんだん、着信に応えるのが怖くなってきた。

浅羽が寄こしてくれるのは、たいてい、今日もマンションには帰れないという連絡だからだ。

ここ最近、浅羽は日中はオフィスの外に出て仕事をしている。夜の寝泊りは応接室でしているらしい。

オフィスで顔を合わせることはほとんどなく、マンションにも時々着替えを取りに来るだけで会話をしている時間はない。

その日はたまたま、教会からマンションに戻ると、玄関の灯りがついていた。

浅羽が帰っているのだ。てっきり、今日も戻って来ないと思っていたのに。

悠は驚きながらも喜び勇んで居間へと駆け込む。

せっかく浅羽が帰って来たのに、ご飯の用意をしていない。冷蔵庫に何か入っていただろうか？　野菜炒めや玉子焼きの簡単な夕食でもかまわないだろうか？

浅羽と一緒にご飯が食べられる。

「浅羽さん」

勢い込んで居間に飛び込む。思った通り、居間には浅羽が立っていた。ワイシャツの襟を立て、着替えをしている最中だ。

けれど、期待したような浅羽の笑顔はない。悠の喜びはあっという間に打ち砕かれた。浅羽は悠をちらっと見遣ったきり、硬い表情で目を逸らしてしまった。

「ごめん、着替えたらまたすぐに出ないといけないんだ」

「あ………」

そうなんだ。悠は心底がっかりして俯いた。

同時に、浅羽にどうしても聞いてみたいと思った。

この前、自分の仕事に集中して余計なことには目を向けないようにと叱られたばかりの悠には勇気がいることだったが、どうしてそんな風に、マンションにろくろく帰って来られないほど毎日忙しいのか、思い切って聞いてみようかと思った。

「今日は？　帰りがちょっと遅くないか」

悠が質問を切り出す前に、先に尋ねられる。学校近くの教会で手伝いをしていると、浅羽にはいまだに話していないのだ。その機会も時間もなかった。

「浅羽さん、あの俺、今……」

「夏休みなんだから友達と遊ぶのはもちろんかまわないけど、時間はあまり遅くならないようにしろよ。それからこれは放り出さずに必ず持ち歩くように」

テレビの上に置きっ放しにしていた防犯ブザーを手渡される。吉住の悪戯防止のために冗談で手渡されたと思ったのに、本当に四六時中持っていろということらしい。

浅羽は手早く着替えを済ませ、上着を着て、悠を傍に呼び寄せる。

居間の扉の前に突っ立っていた悠は目を見開いて浅羽の近くに駆け寄った。久しぶりに見上げる長身に反射的に頬が綻《ほころ》んだ。ところが浅羽はどうしてか、それには応えてくれない。ただ厳しい顔をしていた。

「君に話がある」

そう言って、悠の真正面に立つ。浅羽は常ならないほど緊張感を漂わせていた。

「君に、うちのアルバイトを辞めてもらいたいんだ」

「………え？」

悠は一瞬自分の耳を疑った。

アルバイトを辞めてもらいたい。久しぶりに会えた浅羽の、突然の言葉だった。

「ど……どうしてですか？　だって俺、今日まで普通に仕事をして……」

「今の仕事に、やっぱり君に関わって欲しくないんだ。もともと、子供が出入りする場所じゃない」

淡々とそう言って、ネクタイを締め終える。未だ右手に巻いた包帯がどうにも邪魔そうにしているが、なるべく悠と目を合わせないでいようとしているのが分かる。上着の襟を引いて居住まいを正したところで、携帯電話が鳴り響いた。

着信の電子音を響かせたまま、浅羽は踵を返した。

「待って下さい！」

悠は大慌てで浅羽を追いかけ、彼の前に回り込む。

「どうしてですか？　俺、浅羽さんに嫌われるようなこと、何かしましたか？」

それを問うには、悠にはとびきりの勇気が必要だった。それなのに、浅羽の態度はごく淡々としたものだ。

「仕事の話だ。好き嫌いの問題じゃないよ」

「でも、浅羽さん、最近マンションにも帰って来てくれないです。ご飯だってずっと一緒に食べてません。その上、仕事も辞めるようにって、突然すぎて」

こんな時なのに、幼稚な言葉しか出て来ない。

怖いのだ。浅羽に、ただ傍にいて欲しい。そう告げて拒否されるのが怖い。

「俺に悪いところがあるならちゃんと直します。絶対に直します。だから――」

「ごめん。今は、我儘を言わないでくれ」

――我儘。

携帯電話は途切れることなく鳴り響いている。優しい楽曲なのに、浅羽をどこか遠くに呼び立てる音が酷く残酷に聞こえる。

浅羽の袖口を摑んでいた指をやんわりと手のひらで覆われ、解かれてしまう。

「俺の言葉に従って欲しい。帰ったら、詳しいことをまた話すよ」

帰るっていつ？　またっていつ？

呆然《ぼうぜん》としている悠にそう言い残して、浅羽は部屋を出て行った。数歩追いかけて、けれど悠は立ち止まった。

不意に、教会で母親を待ち続けている智哉の小さな背中を思い出した。悠に、浅羽を追いかける資格などあるのだろうか。

忘れてはいけない。普段は思い出さないようにしているけれど、浅羽と悠の関係は、もともとは浅羽の罪悪感から始まったものなのだ。

悠の両親が亡くなった事故に関する詐欺《さぎ》に、浅羽は図らずも関わっていた。

悠は能天気に浅羽の傍で毎日笑顔で過ごして来たけれど、自分たちの関係がいつ、浅羽の重荷に転化してもおかしくはない。

そして浅羽にずっと思い続けてもらえるほど、自分に価値や魅力があるとは悠は一切考えていなかった。

いつ、また一人になるとも知れない。

浅羽が玄関から出て行く気配があり、やがて扉が閉じられた。


悠は朝食の用意をしている。ダイニングには真夏の朝の清潔な陽光が燦々《さんさん》と満ち溢《あふ》れている。

昨日からじっくりと煮込んだ野菜スープに、目玉焼き、朝の五時に起きて、近くのパン屋で買って来た焼き立てのベーグル。それらをテーブルの上に並べる。

一人でダイニングテーブルに着き、いただきます、とスプーンを取り上げた。三食きちんと食べるようにと浅羽に言われたから、悠は、その命令を守ろうと思った。

アルバイトを辞めるように言われてから、悠の日常はがらりと変わってしまった。

浅羽に突き放されると、世界中のあらゆることに精彩が欠けてしまったように感じられる。すっかり無気力になり、外出することが億劫《おっくう》で、食材の買出しに行く以外はどこにも出かけなくなり、一日中家事をして過ごした。教会に行って子供たちの顔が見たかったが、悠の今の精神状態で子供の面倒を責任もってみられるとは到底思えなかった。この顔色ではむしろシスターたちに心配をかけてしまう。

毎日毎日、丁寧に掃除をしているから、このマンションで浅羽が立ち入るところはどこもぴかぴかに磨き上げられている。それが浅羽が与えてくれた悠の唯一の役割だった。

悠は、今自分の身に起きていることがあまり理解できずにいた。どうしてこんなことになったんだろう。

夏期休暇が始まった頃の、あの高揚した気持ちが今では嘘のようだった。アルバイトを始めて、毎日の夕食作りを楽しんで。

浅羽の傍にいて、いつも胸をどきどきさせていた。

それが今は、アルバイトを辞めさせられて、浅羽はマンションに帰って来てくれない。

今の状況が不幸だと決して思ってはいけない。そんなことはあまりにも贅沢すぎる。

以前は、とても貧しくて、悠は働いていたコンビニで泥棒だと疑われたことさえある。ポケットいっぱいにつめたお菓子で、必死に自分の孤独から目を逸らそうとした。遠い月ばかり見上げて、地上にある自分の境遇を真正面から捉《とら》えることができなかった。

でも、今の悠は、恋という感情を知ってしまっている。

恋人と触れ合うこと。大好きな人の傍にいて、涙が出るくらい心をときめかせること。

そんな至上の幸福を、もう知っている。

満月が過ぎた夜、悠は居間の中央に一人で座り込んでいた。

目の前にはコンビニで買って来たお菓子が並んでいる。浅羽には食事をきちんととって、お菓子で食事をごまかすのは禁止だと言い渡されている。だけど浅羽はしばらく帰ってこないのだから、言いつけを破っても、きっと気付かれない。

浅羽の言いつけを破るのは強い罪悪感があったけれど、ちょっとだけだから許してもらおう。

もう自分の感情は止め処《ど》なく、悠は大好きな「ふわふわプリン」を一匙《ひとさじ》すくって、恐る恐る口に運んだ。久しぶりのお菓子は本当に甘くて、ちょっとだけ心が和んだ。

「えへへ……」

こんな単純なことで嬉しくなる。相変わらず子供っぽい自分が情けなくて、少し笑って、それからぽたりと涙が落ちた。

顔をくしゃくしゃにして泣きながら、悠はプリンを食べ続けた。

大丈夫だと思った。もうセックスして欲しいとか、触って欲しいとか、そんなことは絶対に思わないようにしよう。大好きな浅羽の傍にいられる幸せだけに感謝しよう。

どんなに突き放されても、いつか真正面からもうお前なんかいらないと言われるときが来るまで、こうやってお菓子を食べて我慢しよう。

どんなにかまってもらえなくても、冷たくされても、浅羽は相変わらず悠の初恋の人で、

悠は彼が、大好きだった。


朝起きると、今日も悠はマンションに一人きりだった。

今日は金曜日だ。制服に着替えて、補講に行かなくてはいけない。それなのに、体が酷くだるかった。

浅羽にアルバイトに来るなと言われて四日が経っている。最初は、以前浅羽に言われた通りきちんと料理を作って食べたけれど、三日目辺りから食欲ががくんと落ちて、まとまった食事がなくなった。

代わりに、コンビニでお菓子を少しずつ買い込んで、それを寝室に持ち込んでこっそりと齧った。居間で食べないのは、不意に浅羽が帰って来たときにお菓子を食べていることが知られると叱られるかもしれないからだ。

ベッドの周囲には、チョコレートやキャンディの包み紙が散乱している。

きちんと捨ててしまわなければいけないのに、お菓子の残骸《ざんがい》は悠の寂しさそのものだ。それを改めて手に取り、浅羽に捨て置かれている現状を確認するのはどうしても怖かった。

制服に着替えた悠は、通りかかった居間の電話台の上に、浅羽の事務所の名前が入った大型封筒が置かれているのに気付いた。電話の陰になって、今まで気付かなかったのだ。

浅羽がこの前マンションに帰ったときに忘れていったものらしい。

機密性の高いものなら、詳しくは見ないことにして、さっと内容を確認する。それは役所への提出書類だった。

悠もしばらく法律事務所でアルバイトをしていたから、その書類の提出期限が今日までであることが分かった。事務所に届けないと、浅羽も神崎も困るだろう。

学校に行く途中で、浅羽の事務所に寄ろう。

悠は少し有頂天になった。忘れ物を届けて役立てたら嬉しいし、事務所に行ったら、もしかしたら浅羽に会えるかもしれないのだ。

そんな期待に胸を弾ませながら事務所に向かう。久しぶりに訪れた事務所には神崎の姿はなかった。どうやらどこかに外出中のようだ。

しかし鍵が開いているということは、浅羽がここにいるということだ。

悠の胸の動悸《どうき》はいっそう大きくなった。浅羽に会える。

その時、突然吉住の声が聞こえてどきりとする。

「で？　あの子のこれからは、どうするつもりなんだ」

いつも打ち合わせに使っている応接室ではない。二人はパーテーションの向こうの、浅羽のデスクが置かれたスペースにいるようだ。浅羽がデスクに着き、吉住はその傍に椅子《いす》を置いて、雑談しているらしい。紫煙がパーテーションの向こうに、二人分上がっている。

「このままお前のマンションには置いておけないんだろ。ホテルなり新しいアパートを借りるなり、さっさと手を打てよ」

いつもはふざけてばかりいる吉住の、意外に真摯な声音だった。

「何なら俺が部屋に引き取ってもかまわない。とにかくあの子をお前のマンションから連れ出したらいいんだろ。面倒を避けるならそれが一番手っ取り早い」

「そうだな。俺のときと違って、お前が相手だとあの子は言いたいことを何でも言えるみたいだし、次の保護者としては適当だろうな」

「バカ言ってるな。好きな相手だからろくにものが言えなくなるんだろ。それともまさか、やきもちか？」

浅羽は黙っている。二人の会話に出てくるあの子、というのが自分のことだとは、悠には咄嗟に分からなかった。

「あの子、もともとご両親を亡くしてるんだろ？　可哀想だけど、あちこちを転々とするのは慣れてるんじゃないか」

「いったん引き受けたものをそんな風に無責任に放り出せない」

悪友と一緒にいるからだろうか。浅羽には珍しい、露悪的な口調だった。

パーテーションの隙間から、包帯を巻いた浅羽の手が見えた。カッターで切ったと言っていたけれど、まだ包帯を巻いてる。悠にはよく説明してくれなかったがずいぶん深い傷だったようだ。

ぎっと椅子を鳴らして、吉住が椅子の背凭《せもた》れに寄りかかる気配があった。悠はその物音に体を居竦ませるほど緊張して二人の会話に聞き入っていた。

「さっさと決断しろよ。いずれにしろお前だっていつまでもこんな形であの子を傍に置いておけるわけじゃないんだろ」

「うるさいな。お前にせかされなくても、俺もずっと真剣に考えてるんだ」

「考える時間なんてないだろうが。ぐずぐずしてたって結論は同じだろ」

「分かってる。とにかく、これ以上、あの子を俺のマンションに置いておくわけにはいかない。なるべく早いうちにあそこから出て行くように言うよ」

あの子、とは自分のことだと気付いて、悠は血の気が引く思いがした。

浅羽が自嘲《じちょう》するのが聞こえた。新しい煙草を咥え直し、ライターを取り出す気配がある。

小さな炎が灯《とも》る、かすれた音が聞こえた。

「今日にでも、あのマンションを出て行くように話をつけるよ。今、これ以上はあの子と一緒にいられない」

届けに行った書類は、神崎のデスクの上に置いて来た。

いつオフィスを出たのか、どうやって学校に辿り着き教室に入ったか、まったく憶えていなかった。

悠の頭の中では、さっき聞いた浅羽と吉住の会話だけが何度も何度も繰り返されていた。やや疲れたような浅羽の声の抑揚、煙草の匂い。

悠はどうやら、浅羽のマンションから追い出されてしまうらしい。

どうしてだろう。満月の夜に実った恋はもう醒めて、悠はただ、浅羽の重荷と成り果てていたのだろうか。

何がきっかけだったんだろう。

悠は一生懸命でいたつもりだったけれど、ご飯が美味しくなかっただろうか？　その一生懸命が鬱陶《うっとう》しかっただろうか。

一緒にいたいとか——セックスがしたいとか、そんないやらしい気持ちが無意識に溢《あふ》れ出ていただろうか。

不思議なことに、どうして好きになってもらえたかはよく分からないのに、嫌われた理由というのはいくらでも思いついた。

補講の最中《さいちゅう》に、酷い頭痛と吐き気がした。補講が終わると森本が大慌てで駆け寄って来て、悠を保健室に連れて行こうと躍起になっていた。

「とにかく先生に診《み》てもらおうよ。顔色が真っ青になってる」

家に帰ったらちゃんと病院に行くからと、優しい委員長の申し出は断った。

だけど病院には行かない。悠はマンションには真っ直ぐに帰らず、いつも通り教会に立ち寄るつもりだった。

金曜日は、必ず教会に行くと、子供たちと約束している。絵本を読んであげる約束をしていたし、何より、一人きりのマンションに帰るのが寂しかった。教会の正面玄関を迂回し、施設に入ってから悠は小さな異変に気がついた。

智哉が、いつもの門柱前や屋外の砂場ではなく、プレイルームの窓際に座っているのだ。

「今日、お母さんがこの園に来ることになってるのよ」

シスターが喜ばしそうに悠に教えてくれる。

「智哉君のお母さん、会いにいらっしゃるんですか？」

「そうなの。色々な事情が好転したみたいね。本当によかったわ、あの子、ずっとお母さんのお迎えを待ってたから」

今日も、「もうじきお母さんが来るから、涼しいお家の中で待っていなさい」と言うと、素直に屋内に入ったのだそうだ。

それを聞いて、悠は自分のことのように嬉しくなった。

炎天下の中、母親の言葉を信じて迎えを待ち続けた智哉の祈りが神様に通じた。そんな風に思えてとても嬉しかった。

「智哉君、今日、お母さんと会えるんだね。よかったね、楽しみにしてたもんね」

悠は智哉にそう話しかけた。てっきり笑い返してくれるものだと思ったが、智哉はいつもの通り無表情だった。けれど、少し面映《おもは》ゆそうに頷く。緊張しているのだ。それくらい、母親に会えることが嬉しくてならないのだ。

浅羽ともうじき離れなければならない自分の立場を思うと、少し切なくもあったけれど、智哉のはにかんだ様子が悠には微笑ましい。他の子供たちにいつものように絵本を読み聞かせ、歌を歌って遊んだ。

途中から雨が降り始めて、外で遊んでいた子供たちもプレイルームに入り、悠の朗読に聞き入り始める。

頬杖をついて絨毯に横たわる悠の、背中には二人が乗りかかって、残りの子供たちは絵本の周りに座り込んですっかり夢中でいる。

シスターたちが右往左往しているのに気付いたのは、おやつの時間になってからだ。

「智哉君が、いなくなったの。園のどこにも見当たらないのよ」

他の子供たちには気付かれないよう、静かに室内の方々を見て回っているシスターの一人に耳打ちされた。プレイルームの窓際を見ると、さっきまでそこに座っていた智哉の姿がない。悠は信じ難い気持ちでシスターに尋ねた。

「どうしてですか？　だって今日、お母さんがここに迎えに来るって……」

「それが、もう来られなくなったって電話があったの。智哉君、それを聞いてしまったのよ」

「それは、今日はもう来られないっていう意味ですか」

シスターは痛ましそうに目を伏せ、それから静かにかぶりを振った。

悠は窓の外を見た。空には鈍《にび》色の重い雲が垂れ込め、雨粒はアプローチの左右に植えられた菩提樹や芝生を強く叩いている。

シスターたちには年配者が多く、後は子供ばかりの施設だ。この雨の中、身軽に動ける者は少ない。

「俺、外を捜して来ます」

悠は傘を持ち、教会を飛び出した。しかしもちろん、悠にも智哉の行き先は分からない。

多分智哉は、迎えに来ないと分かった母親を自分から「迎えに」行ったのだろう。あまりの母親恋しさに、もうじっと待っていることができなかったのだ。

同じプレイルームにいたのだから、智哉がふいと姿を消したことに気付くべきだった。

いったい何のために子供たちの世話を手伝っているのだろう。

雨脚はどんどん強くなり、まだ日暮れ前だというのに周囲は不気味なほど薄暗くなっている。

こんな雨の中、傘を持っていないはずの子供がどこで雨宿りをしているのか、考えるだけで胸が締めつけられそうだ。

智哉に万一のことがあったらどうしよう。

駅までの道のりを何往復もして、交番にも出向いた。それでも智哉は見付からない。

絶望的な気持ちで教会に戻った悠は、アプローチの途中で足を止めた。

白いフェンスに囲まれた庭園には、子供たちが遊ぶブランコなどの遊具が散在している。

大きなプリンのような形の滑り台は、真ん中がトンネル状にくりぬかれている。そこに、小さい人影を見付けたのだ。

「智哉君!!」

傘を放り出し、悠は滑り台に駆け寄った。制服のズボンが濡《ぬ》れるのもかまわず、トンネルの入口に膝をつく。中を覗くと思った通り、智哉が半ズボンから覗いた膝を抱いてそこに座り込んでいた。悠に気付き、怯えたような顔をする。

「……智哉君」

トンネルはとても小さいので、年齢の割に小柄な悠でも上半身を入れるのが精一杯だ。

おいでおいで、と迷い猫を誘うように右手で智哉を招く。

「こっちにおいで。園に帰ろう?」

智哉が着ているシャツは雨に濡れてびしょびしょだ。夏場とはいえ、濡れた衣服に体温を奪われて、智哉の細い肩はぶるぶると震えていた。

寒いのは、雨に濡れたからだけじゃない。

悠は胸が押し潰されそうな悲しみを感じた。

智哉は不貞腐《ふてくさ》れているのでも拗ねているのでもなかった。

いつか迎えに来てもらえるのだと期待して、期待して、とうとう裏切られた。喜びに心を有頂天にして、すぐにまた放り出されて。大人に振り回されて疲れきってしまっている、子供の表情だった。

「ごめん、ごめんね……」

智哉は薄暗いトンネルの中で小さく小さく縮こまり、幼い嗚咽《おえつ》を上げていた。

あんまりだと思った。ずっと無表情だったこの子の、初めて見る表情が泣き顔だなんてあんまりすぎる。

子供の不憫さにいっそ悠が泣きたいような気持ちになったが、今はそれどころではない。一刻も早く、この子を園に連れ帰るのだ。ちゃんと暖かい場所に連れ帰り、そして智哉の帰りを待っているシスターたちを安心させなければならない。

帰りを心から待っている人たちがいるのだと、この子に教えてやらなければいけない。

泣いている智哉を自分の狭い背中にしっかりと背負い、悠は園に戻った。

びしょ濡れになって帰って来た二人に、シスターたちはとにかくタオルだ、温かい飲み物だと大騒ぎになった。悠も子供のように扱われて、濡れた制服をぽいぽいと脱がされて、バスタオルに体を押し包《くる》まれる。制服が乾くまで、一番大きいサイズの子供用パジャマを借りた。

「あの」

キッチンスペースに立つシスターは、悠と智哉のために熱いココアを作ってくれている。智哉を見付けてくれて本当にありがとう、すぐにできるから待っていてね、と笑いかけてくれる彼女に、悠はできたらココア作りを交代して欲しいと頼んだ。

「俺に、淹れさせてもらってもいいですか？　お茶を淹れるの得意なんです。ココアも上手く淹れられると思います」

智哉と話がしたいと思った。その時、自分が淹れた飲み物を手渡す方が、きっと心も通じやすいと思う。

「智哉君、おいで。一緒に飲もう？　俺が淹れたんだよ」

悠はプレイルームの片隅に座っている智哉に、ココアのマグカップを差し出した。

智哉は無表情なままだった。涙もう零《こぼ》していなかった。泣いた後でいっそう大きく見える目を、ぽかんと見開いている。

「ココア、甘くておいしいよ。俺、甘いお菓子とか、飲み物とか大好きなんだ。智哉君も好きかな」

小さな手に、マグカップをしっかりと握らせる。飲ませなくてはダメだ。悠はこの子が待ち望んだ母親とは違うけれど、それでも精一杯にちゃんと甘やかしてあげるからと、この子に信じてもらいたい。

ふう、と息を吹きかけてココアを冷ましてやると、智哉は、ぎくしゃくとロボットのようなぎこちなさでココアを一口、二口飲んだ。甘さに我に返ったように、大きな目が瞬きを繰り返す。もう一口飲むと、ココアの甘さに蕩《とろ》かされるように、とろんと目蓋が下りた。

雨に打たれてすっかり疲れきってしまったのだろう。悠の膝に頭を置いて、やがて眠り込んでしまった。

壊れやすい子供を扱うことの、なんて難しいことだろう。なんて責任の大きいことだろう。

浅羽が悠のことを負担に思っても、それは当然だ。

もしも、浅羽にマンションから出て行って欲しいと言われたら、決して我儘は言わずに従おう。

最後の最後まで、悠は浅羽が大好きだったと、ただそれだけを伝えられたら、それでよかった。

智哉を寝かせつけた頃、ようやく雨が止《や》み始めた。

時間は午後九時を過ぎている。もうそろそろマンションに帰らなくてはならない。

悠はシスターに預けていた自分の荷物を受け取った。鞄から何気なく携帯電話を取り出して蒼白になった。

そこには十数回の着信履歴が残っていた。すべて浅羽からだ。

そうだった。今日は金曜日だ。浅羽と食事に行く日だ。

智哉を見付けるまで、携帯電話を教会に置きっ放しにしていたのだ。留守番電話には、今どこにいるのか、すぐに連絡を寄こすようにという浅羽の声が残されている。

悠は急いで待ち合わせ場所に向かったが、三時間も遅刻しているのに、どうしてか上手く足が動かない。一歩歩くごとに、体が重くなった。

さっきまで子供を捜して走り回っていたのに、今度は自分が人を待たせている。

智哉は教会にいる誰もがその帰りを待っていてくれたけれど、悠はどうだろう。浅羽は今朝、マンションから悠の住まいを移す相談を吉住としていたのだ。

約束通り食事をするとしても、その件を切り出されるのかと思うとただ気が重かった。

電車を乗り継ぎ、いつもの宝石店に辿り着く。交差点の角になっているその店の前に、浅羽が立っているのを悠はすぐに見付けた。傍に吉住の姿も。

交差点を渡りきったところで、悠は足を止めてしまった。こんな時間になって、まだ待ってくれているとは夢にも思っていなかったのだ。

「浅羽さん……」

悠が立っているのに気付き、浅羽が大股で数歩こちらに駆け寄って来る。その顔は真っ青に青褪《あおざ》めていた。さっと手のひらが目の前を過《よぎ》ったかと思うと、頬に強く鋭い衝撃があった。

「この、馬鹿!!」

悠は数歩よろめき、ぽかんとした顔で打たれた頬を手のひらで押さえていた。

頬の痛みや痺《しび》れよりも、頬に受けた衝撃よりも、ただ殴られたという事実に呆気に取られていた。

そうして呆然としている間に、広い胸に狂おしく抱き締められる。

「畜生……！　どれだけ心配したと思ってるんだ……！」

浅羽のその表情に気圧されて、恐ろしくて、みるみる視界が滲んでいく。

わけが分からなかった。散々突き放されて、浅羽は悠をマンションから追い出す算段もしていて。

それでどうして、心配をさせてと叱られているのだろう。

「お、俺、やっぱり帰ります」

どこに帰るというのか、自分でもよく分からなかった。

悠には、帰る場所などどこにもないのだ。今朝、吉住との会話を聞いてしまった。今まで住んでいた浅羽のマンションは、最早《もはや》悠が帰っていい場所ではない。

「帰る？　どこに帰るつもりなんだ」

「あ、あ――浅羽さんの、迷惑にならない場所に……」

「いい加減にしなさい！」

浅羽が一喝する。いつもは冷静な彼が、周囲の通行人が驚いて振り返るほどの大声を出した。

悠は息を飲んで、彼に怒鳴《どな》られた恐怖と悲しさに、ぼろぼろと涙が溢れた。

怒る浅羽と怒られる悠の間に、吉住がいつもの調子でまあまあと笑いながら割って入る。

さり気なく悠を背中で隠し、肩越しにこちらを振り返った。

「君のことを、死ぬほど心配してたんだよ、浅羽は。携帯にかけてもメールを出しても返事がないし、学校に連絡してもとっくに下校したって言われる。行方《ゆくえ》がまったく分からない。もしかしたらどこかで大怪我をさせられてるかもしれない、防犯ブザーを渡したきりで、ちゃんと今の状況を話しておかなかったことを死ぬほど後悔してた」

「今の状況…？」

「君をむやみに怖がらせて嫌われたくなかったらしい。まったくバカな男だね、この仕事についてる以上、身に危険が降りかかることはどうしても避けられないのに。君だけにはそれを知られたくなかったんだとさ」

吉住の言っていることが、悠にはまったく理解できない。彼はいつも通りの人を食ったような陽気な笑顔で、とにかく、と切り出した。

「ここを動かないか？　四時間も方々捜し尽くして、さすがに腹ペコだ」


食事の予約はキャンセルして、三人はいったん浅羽のマンションに引き上げた。

吉住がさっさとピザのデリバリーを頼む。熱々のピザがすぐに届けられて、吉住は缶ビールとピザを手に居間の扉の前に立っている。

浅羽はソファに座り、悠は床の上に座った。何となく正座をしてうなだれてしまう。どうして四時間も浅羽との約束に遅れたのかと、重い口調で浅羽に尋ねられた。

「子供が迷子になってその行方を捜してたんです」

「子供？」

浅羽が不審げに問いかけた。

「あの、ここのところ浅羽さんとはずっとお話ができなかったから、報告が遅くなったけど、俺、最近教会のお手伝いをしてるんです。金曜日の補講が終わった後なんかに。学院の近くにある教会です」

「学院の近くの？　聖ルカス教会のことか？」

浅羽も吉住もすぐ合点《がてん》がいったようだ。二人とも悠が通っている高校を卒業しているので当然だった。

「補講、サボってたんじゃないです」

「そんなことは疑ってないよ。だけど、俺が気がつかない間にそんなことをしてたのか」

悠は赤くなった。自分のこともろくろくできないのに、子供の世話を手伝うなんて、確かに我ながら身の程知らずなことをしていると思う。

「それで今日、その中の一人がいつの間にか教会を出て、行方が分からなくなってしまったんです。必死で捜してたので、待ち合わせのことも、携帯電話のこともすっかり忘れてしまって……、本当にすいませんでした」

悠は床に正座したまま精一杯謝った。申し訳なくて体が縮んでしまいそうな気持ちだった。

「君だけが謝ることじゃない。そんな事情があったのに、わけも聞かずに打《ぶ》った俺が短気だった」

けれど不思議だった。

待ち合わせに四時間遅れるというのは確かに非常識で、言い訳をするつもりは一切ないけれど、悠はもう十六歳になるのだ。

防犯ベルを持たせたり、待ち合わせに来なかったからと四時間もやきもきして待たなくてはならないほど子供ではない。浅羽がどうしてそんなに神経質でいるのか、よく分からなかった。

説明は吉住がしてくれた。

「浅羽が、このところ本当に忙しそうにしてたのは、悠君ももちろん知ってるよな。実は、浅羽は俺の知人から、離婚についての相談を受けててね」

「離婚、ですか……？」

「うん、依頼人は若い女性だ。結婚相手から酷い暴力を受けていて、離婚を申し入れたんだけど、相手がどうしても承諾しない。訴訟に持ち込んででも何とかして別れたいっていうことだった。ところが俺は企業に勤めてるもんだから、個人的な法律問題には直接関与できないんだ。それで昔からの知り合いで、法律事務所を開いてる浅羽に頼むことにした」

吉住が持ち込んだ事案だったので、事の次第を見届けるために度々浅羽の事務所に出入りしていたのだ。

「その相手方……つまりご主人の方がかなり暴力的で、ストーカーめいたところがあって、いつまで経っても奥さんに付き纏《まと》ってたんだ。俺や浅羽が同席して話し合いをしても、感情的になって奥さんに手を上げようとする有り様でね」

吉住は、浅羽の手元を見遣った。そこには、まだ包帯が巻かれている。

「既《すん》でのところで浅羽が奥さんを庇ったんで、大事にはならなかった。だけど奥さんの実家や避難先はもちろん、浅羽の事務所にも無言電話をかけたり、白紙のＦＡＸを延々流したり、メールアドレスが分かると、ウィルスをかき集めて大量に送りつけたり。まったく、幼稚で粘着質な奴だよ」

「あ……」

悠もそれで思い出した。無言電話や白紙のＦＡＸ。悠が直接手に取ったのは一度きりだが、それ以前に同じことが何度もあったらしい。それに神崎がコンピューターのセキュリティ会社に相談していた大量のウィルスメール。

そして何より、浅羽が今も手に巻いている包帯だ。多分、依頼人を凶器から庇ったときに負った怪我なのだろう。

離婚問題はかなり膠着状態に陥《おちい》り、夫が妻の避難先にやって来て大変な押し問答になったらしい。

怯えた依頼人は浅羽の事務所へやって来て、半日がかりで今後の対策を打ちたてた。先日、吉住に連れられてやって来た、若い綺麗な女性がそれだ。

いずれ嫌がらせがエスカレートしたら、事務所に直接その男が押しかけるようなことにもなり得る。

そうしたら、アルバイトをしている悠にまで害が及ぶかもしれない。だから浅羽は、悠に防犯ブザーを持たせ、とうとうアルバイトも辞めさせて、事務所から遠ざけたのだ。私立探偵を使って調査されたら、浅羽の住んでいるマンションも知られてしまうかもしれない。住まいを別にしなくてはならないと吉住と話していたのは、それが理由だった。

自分が実際に怪我をした分、浅羽の焦《あせ》りはかなり切羽詰ったものだったのだろう。

「浅羽は君をそんな危険な状況に巻き込めない、だけど楽しそうにアルバイトをしてる君に事務所に来るなとも言えないってずっと悩んでた。事務所がこんな危険な状況にあることを君に知られたら、怖がられて振られるかもしれない」

吉住は人の悪い笑顔を見せた。ソファの上の浅羽は腕組みをして憮然としている。

「それで今日、恐れていたことに、夕食の待ち合わせに君が姿を現さない。携帯でも連絡が取れない。浅羽は真っ青になった。まさか、依頼人の相手方が君を拉致《らち》して悪さをしてるんじゃないかと必死になって君の居所を探し続けた。ところがついさっきのことだ。相手の男が依頼人の実家に押しかけたっていう連絡が入ってね。住居不法侵入の現行犯で警察に逮捕されて、とうとう観念したのか離婚届にも判を押した」

ただ、悠の居場所だけがいつまで経っても不明だった。

この事件と悠の失踪が関係あるのか、ただ偶然の遅刻なのかそれすら分からず、浅羽は相当気を揉《も》んだようだ。

「心配を、かけてごめんなさい」

悠は浅羽の目の前に正座したまま、申し訳ない思いで彼を見上げた。

「仕事のことだから言えないこともたくさんあると思うけど、それでも、防犯ブザーが出来るくらい大変なことになってるっていうことくらいは……」

「君に、あんまり心配をかけたくなかった」

浅羽にはきっぱり拒否されてしまう。

「でも！　俺、あ、浅羽さんに嫌われたんだと思った」

悠は精一杯声を上げた。正座した腿《もも》の上で両手をぎゅっと握り締める。

「ごめんなさい、俺、今朝、学校に行く途中で事務所に寄りました。立ち聞きするつもりじゃなかったけど、その時、浅羽さんたちが俺にこのマンションから出て行くように言うって話してるのを聞きました」

それが悠を守るための方策で、嫌われたのは勘違いだと分かった今も、悠はやはり悲しい。

「話してもらいたかったです。ずっと不安だったんです。浅羽さん、さっき俺が遅れて来たとき、ものすごく怒ってたから、やっぱりもう駄目だって思って」

「君が知らない理由で、勝手に怒ったのは俺が悪かった。でも『やっぱり』っていうのは？」

浅羽は本当に心当たりがないというように、首を傾げている。

悠は赤面した。

やっぱり、やっぱり。浅羽にとっては大した問題ではなかったのだ。

悠は、やっぱり自分は、浅羽に見捨てられた——失恋をしてしまったものだと思っていたのに。

恨めしいような気持ちになりながらも、悠は小さな声で訴えた。

「この前給湯室で、よ、吉住さんが俺に、キ、キスしようとしたときも、別に何も言わなかったです」

「な………」

途端に浅羽が顔色を変える。まずい、と慌てて顔を背けた吉住に食ってかかった。

「キスだと⁉　吉住、お前あの時そんなことまでしてたのか⁉」

「し、してません。まだしてなかったです」

どうやら、浅羽の角度からはキスを迫られていたことまでは見えていなかったらしい。せいぜいお茶を淹れてるところを背後から抱き締めて悪戯していたと思ってトレイの角で頭を殴ったのだという。キスしようとしていたことに気付いていたら、殴るだけでは済まさなかった。

そう言って怒る浅羽にも、悠は一抹の理不尽さを憶えた。

「だけど、吉住さんばっかりじゃない。浅羽さん、浅羽さんだって」

ぐっと堪《こら》えたけど、我慢がきかなかった。

「俺と、セ、セックスしてくれない……っ」

そう言った途端、羞恥《しゅうち》と惨めさにどっと涙が溢れた。

吉住だって傍にいるのに。

こんなことを訴えるなんてあまりにも恥ずかしすぎた。それもマンションを追い出されるとか、浅羽に捨てられるとか、切実に訴えた後で「セックスしてくれない」、なんて間抜けすぎる。

だけど、間抜けだと思えば思うほど、その情けなさに涙が止まらなくなる。

「じゃあ、俺はこの辺で退散するよ。後は恋人同士、上手く仲良くやってくれ」

吉住は笑って、脱いでいた上着を小脇に抱えて、暇《いとま》を告げた。

「しばらくうちの事務所には顔を出さなくていいぞ」

「ああ、男の嫉妬《しっと》は恐ろしいからな。自重するさ」

最後の最後まで減らず口を叩く。浅羽は忌々《いまいま》しげに閉じられた扉を睨んでいた。

浅羽は泣いている悠に近付くと、脇に手を入れて、すくい上げるようにして抱き上げる。

悠はその胸にしばらく額を寄せた。悠の嗚咽が治まるのを待ってから、ソファに並んで座る。

「どうも昔から、俺はあいつには振り回されがちだな」

浅羽は自嘲するように呟いた。

可愛くて珍しいものに目がない吉住を牽制《けんせい》する意味で、悠は浅羽の恋人だとはっきり言っておいたが、それは却って吉住の好奇心を煽る結果になった。しかし吉住が悠を突き回すのをいちいち咎める余裕のない姿も、十三歳も年上の「恋人」として悠には見せられない。

「それに、あいつには大きな頼みごとをしてる。もしも俺に何かあったら、君が成人して大学を卒業するまでの間、保護者として一切の面倒を見て欲しいと頼んであるんだ」

意外な言葉を聞いて、悠は涙で濡れた顔を上げた。

「もしも――俺に万一のことがあって、君がまた、一人になってしまったときのことだ」

悠は指先が硬直するのを感じる。じんわりと冷えていくその手を、浅羽が手のひらで押し包んでくれる。右手には、まだ真っ白い包帯が巻かれている。カッターで切ったと言っていたけど、多分、本当はかなりの重傷なのだ。

「今回、怪我を負うような事件に関わって、何度かひやっとする瞬間があった。俺はこの仕事に責任を持ってあたってるつもりだけど、いつ、どんなトラブルに巻き込まれるかは分からない。もしも俺に何かあったら、君はまた一人になってしまう。そのことばかり頭にあった」

「…………」

「以前、君がつらい目にあったのは、俺に無責任さと甘さがあったからだ。俺は今でもそれを忘れてない。俺は二度と、君を不幸にしない。君が甘い食べ物で自分の寂しさをごまかすような目にあわせるのは、絶対に嫌なんだ」

「……酷いです……」

ぽたぽたと涙が頬を伝って落ちた。浅羽は、悠の涙に困惑したようだった。宥《なだ》めるようにぎゅっと抱き締めてくれる。

「泣かなくていい。事件は解決したし、君が怖がるようなことはもう何もないよ」

そんなことで泣いてるんじゃない。浅羽が無事で本当によかった。深刻だった事態が解決したなら、悠も心からよかったと思う。

そして浅羽はいつでも悠の幸せばかり考えてくれている。冷たい素振《そぶ》りも、事が沈静化するまでは悠を浅羽に近付けないための方策だったのだ。どこまでも、どこまでも、いつでも浅羽は、悠を守ろうとしてくれていた。

だけど、浅羽はとても大切なことを忘れている。

我儘も自己主張も苦手だけれど、悠は感情が暴走するのをもう止められない。

悠はしゃにむに浅羽の手を振り払い、拳《こぶし》でその胸を叩いた。

「浅羽さんはやっぱり酷いです。酷いです……っ」

「……悠？」

「そんな話、しないで下さい。俺に黙ってそんなこと決めないで下さい。浅羽さんがいなくなるとか、そんなこと絶対に言わないで下さい」

こみ上げる嗚咽としゃっくりを堪え、悠は必死になって主張した。

「俺のこと、こ、こぎつねくんって呼ばないで下さい。浅羽さんから見たら俺は子供かもしれないけど、何の役にも立たないかもしれないけど、俺が、浅羽さんを好きだっていうことを、蔑《ないがし》ろにしないで下さい……っ」

浅羽は全身全霊で悠を守ってくれている。

悠のためを思って、危険に巻き込まれている彼から突き放すような真似したのも、今ならちゃんと理解できる。

だけど、悠には、誰かに危害を加えられるよりも、何の説明もなく浅羽から遠ざけられることの方が、つらかった。

以前、駄菓子を飽きることなく毎日毎日、大好きな彼のもとに運んだ。子供っぽい、馬鹿なことをしたと自分でも思うけれど、それを童話になぞらえてこぎつねくん、と揶揄されていることも、ちょっとだけ悲しい。

一方的に守られて可愛がられるばかりの存在。

悠はますます自分がちっぽけに思えてしまう。彼との恋に自信がなくなりぺちゃんこになってしまう。

「俺は浅羽さんの恋人とは違いますか？　浅羽さんと俺が、対等だとは思いません。自分が子供だって分かってます。でも、突然突き放されるのは嫌だって、悲しいって思ったらいけませんか？」

悠は顔を上げ、懸命に浅羽に訴えた。

欲張りだと、我儘だと思われるだろうか？　嫌われてしまうだろうか？

だけど、悠も必死だった。甘いお菓子で自分の感情をごまかしてはいけないと言ってくれたのは、浅羽なのだ。

「俺が子供だから……だ、だから……セックスもしてもらえないんですか？」

「……それとこれとは、話が違うよ」

浅羽の苦笑に、悠はいっそうの焦りを感じる。

「どうしてですか？　俺には、すごく大切なことです。吉住さんは、浅羽さんには今まで色んな恋人がいたって言ってた。その人たちと同じにして下さい、それとも、それとも俺は恋人じゃないですか？」

「紛《まご》う方なしに、君は俺の恋人だ。でも君が子供なのもまた事実なんだ。一度抱いてみて、それがよく分かった」

悠は真っ赤になった。

初めての夜、浅羽の恋人になった夜。彼の腕の中で、悠がどんなに拙く頼りなかったか。悠も薄《うっす》らと覚えている。

浅羽は悠の目を覗き込み、穏やかに諭す。

「そんな風に、ちゃんと大人になりきれてない体に無茶はできないよ。君がいつかちゃんと大人になるまでは待ち続ける。それが俺なりのけじめだ」

「いつかって……いつまでですか？」

「せめて、君が高校を卒業するまで。そうでなければ、成人するまでかな」

浅羽さんはそれでいいですか？」

高校を卒業するまで二年半。成人するまで、あと四年もある。悠には気が遠くなりそうな時間だった。

「そんなにずっと何もしなくて、浅羽さんはそれでも平気ですか？　今の俺だったら、そんなに魅力がありませんか？　吉住さんが言ってたみたいに、おいしいご飯の方が好きですか？」

「あいつの言うことなんか真に受けるなよ」

「でも、でも……っ」

「お利口さん。だけどもう、この話はこの辺りで切り上げよう」

「浅羽さ――」

「君も、今は少し興奮してるんだ。温かいお茶でも飲んで――さっき吉住がデリバリーを頼んだピザは冷めてるだろうから、どこかに食事に行こうか」

浅羽は悠の頭を優しく撫でてくれた。そうして脱いでいた上着に袖を通す。

この話はもうおしまい。

悠は子供で、セックスはできない。悠がほしいと思う恋人としての触れあいは、しばらくお預け。それが浅羽の結論だ。

悠は浅羽に従おうとした。玄関に向かう彼を追って、数歩歩いた。

でも無理だった。だんだん、視界が涙で滲み始める。

「……もう、いいです」

呟いた言葉のように、涙がぽつんと床の上に落ちた。

浅羽が驚いたように振り返る。

「もういいです。浅羽さんの、わ、わ、わ、わからずやっ」

言うなり、自分の暴言が怖くなってだっと踵を返すと自室へ逃げこむ。

真っ暗な室内で、扉を背に悠は唇を噛《か》み締めてしゃくり上げた。トンネルの中に隠れていた智哉よりもっと子供みたいだ。

こんこん、と何度も扉をノックされる。

「悠、ごめん。ここを開けてくれないか」

「嫌ですっ！　入ったらダメ！」

悠はドアノブを摑んで必死に抵抗した。

ただ泣き顔を見られたくないばかりではない。部屋には山ほどのお菓子の残骸が散らばっているからだった。

しかし、鍵のかからない扉は呆気なく浅羽に開かれてしまう。勢い余って扉から転がり出て来た悠を抱き留め、浅羽はほっとした表情を見せたが、室内の有り様を見て一転ぎょっとする。

ベッドの周囲には、お菓子の包み紙が散乱していたからだ。

「……これは、君が？」

「うう……っ」

「いつの間にこんなに買い食いしてたんだ。ちゃんと食事をするように言っただろう？」

悠は部屋に飛んで戻ると、泣きながら、お菓子の残骸を掴み、ゴミ箱に捨てた。これは浅羽に放置されて、寂しかった悠の心の表れだった。

セックスもしてもらえなくて、冷たくされていると勝手に誤解して、またお菓子で自分を慰めていた。恥ずかしくて恥ずかしくて、もう浅羽の顔を見ることができなかった。

涙と鼻水を垂らしながら部屋を片付ける悠を、浅羽は背後から抱き締めた。

「分かった分かった。俺が悪かった。ごめん、そんなに思い詰めてるなんて、知らなかったんだ」

「もういいです、もういい……っ」

誠実な浅羽の声が頭上から降って来る。ゴミ箱を抱いてぽろぽろ涙を零していると、その体をいっそうしっかりと抱き締められた。

「……君がそんなにやきもきしててくれてたなんて、死ぬほど嬉しいよ」

うぐ、と喉の奥で情けない嗚咽が漏れた。

「人を愛して大事にするっていうのは、本当に難しいな」

浅羽は溜息混じりにそう呟いた。悠を抱き締めたまま、何度も何度も、髪を撫でてくれる。

「だけど、俺が君とそういうことを積極的にしないのは、俺がすっかりそれに興味を失《な》くしてるとか、ましてや君に魅力を感じないとか、そんなことじゃないんだよ」

そして、悠の顎《あご》を指先で持ち上げると、真剣な瞳で思いを打ち明けてくれた。

「君を誰より大切にして、慈しんでる。どこに出しても何の後ろ暗さもない、ぴかぴかのままでいて欲しいと思ってた。体を結ぶことは、大人になってからでも充分にできることだ。

俺はいつか大人になった君が誇りに思うような、そんな大人でいたい」

「でも、でも、恋人だったらセ、セックスはします。俺は、それをいっぱいしたいです」

「君がそう思うのは――」

浅羽は大人の微笑を見せた。

保護者としての体裁を取り払う。悠を愛し、欲望を隠さない。恋人としての素顔だった。

「――俺が君に手加減をしたからだ。君がセックスがどんなものか、本当はまだあんまりよく分かってないからなんだよ」

そんな過激な言葉を投げかけられると、悠は呆気なくどぎまぎとしてしまう。

「それでもいいです」

上手く丸め込まれてしまいそうになるけれど、悠だって精一杯悩んだのだ。ここで素直にうんと頷いてはいけないと思う。

「だって、浅羽さんは十三歳も年上で、色んなこと経験して、色んなこと知ってる。だから、これからの浅羽さんは、俺がいつでも全部独り占めにしたい……っ」

誰よりも浅羽の一番近くにいたい。ずっとぐるぐるして言えなかった言葉をやっと口にした。

盛大な涙と鼻水と一緒に漏らした情けない告白だった。

「いつか大人になるんだったら、あ、浅羽さんに大人にして欲しい」

悠は必死だった。どんなにみっともなくても、この思いが伝わればそれでよかった。

そうして恋人は、優しく悠をかき抱いて、この我儘を受け入れてくれたのだ。

行き場のない迷子のような数日が終わる。あまりにも懐かしく思うこの人の胸に、悠は帰って来た。

「たとえば、吉住くらい好き放題できる性格だったらよかったな」

浅羽の寝室に招かれて、悠はそのベッドに腰掛けていた。

浅羽は着ていた上着を脱ぐと、傍のデスクチェアに放り投げる。ネクタイを解く指先を見るまいと、悠は一人、どきどきとしていた。

「いや、君を混乱させた一因があいつにあることを考えると、喩《たと》えに出すのも何だか腹立たしい。とにかく、あいつはもううちの事務所には一切出入り禁止だ」

「でも俺、吉住さんのこと、嫌いじゃないです。ああいう風に、言いたいことを言いたいだけ言えたらすっごく楽しいと思う」

「それはもっともだ」

ベッドに近付き、浅羽は感心したように笑っている。

恭《うやうや》しく口付けられた。浅羽は上半身をかき抱かれ、彼がベッドに片膝をつく。目を見つめられたまま、ゆっくりと、シーツの上に押し倒される。悠の心臓は激しく脈打っていた。

「俺が毎日、どんな妄想をしてるか知られたら、君に嫌われるかもしれないな」

「浅羽さんでも、妄想って、するんですか……？」

セックスしてくれないと泣き喚《わめ》く自分ならともかく、こんなに綺麗で端然《たんぜん》とした顔をした、大人なこの人が？　悠は少し不思議な気持ちで首を傾げた。

「たとえば、君が吉住と二人きりで給湯室にいるのを見て、正直、嫉妬でかっとした」

確かに、あのときの浅羽は、どこか怒ったふうだった。

「あれは……」

「君が学校でどんな時間を送ってるのか。どんな友達と何を話してるのか。君の成長が嬉しくもあるけど、少し寂しいのも本当だ」

「………」

「キスしようか、悠」

悠は目を見開き、頷く。少し恥ずかしかったが、いそいそと顎を上向けた。

浅羽が腕を折り、体を屈《かが》めて悠に口付ける。唇が触れ合って、ちゅ、と小さな水音がした。

悠はキスが嬉しくて、にこにこと笑う。浅羽は微笑ましげに悠を見下ろしていたが、長い指が髪に差し入れられ、顔を間近に寄せられる。深く深く、唇が重ねられた。

濡れた粘膜がたっぷりと触れ合って、悠は眉根を寄せる。

「ん……っ、ん……」

悠はしっかりと、浅羽のシャツを摑んだ。その手が取られ、浅羽の首に回される。体がより密着する。

キスをされながら、着ていたシャツをズボンからゆっくりと引き出される。着衣を解くその指先は、巧《たく》みに悠の体の方々に触れる。

浅羽の方が、悠よりやや体温が低い。そのせいか、彼の指の感触はとても明瞭だった。

ただ臍《へそ》の辺りに触れただけで、細い電流のような感覚がびくびくと全身を走り抜ける。

「……どうした？」

悠の肩口に鼻先を埋《うず》め、浅羽が耳元で囁《ささや》く。

「ん、……あの」

何だろう。キスが、いつもとは違う感じがする。

何だか、ちょっとだけ、怖い。だけど自分からセックスをたくさんしたいと誘ったのに、怖いなんて言えるはずがなかった。

悠の戸惑いをよそに、口付けは、どんどん深くなっていく。

上下の唇を甘く食《は》まれて、呼吸のためにいったん解放される。もう一度軽く吸われて、唇から、とろとろ、と溶けていく感じ。食い縛っても、甘やかされる唇は浅羽に啄《ついば》まれる度に柔らかく綻んでいく。その隙間をとろりと舌が入り込んだ。

「んん……っ」

官能的な、熱の塊《かたまり》。それを口いっぱいに含まされ、舌を搦《から》め合わされる。その柔らかな感触に唆《そそのか》されるようにして、悠の舌も唇から零れ落ちる。

それは軽く吸い上げられ、浅羽の口腔の粘膜で優しく嬲《なぶ》られて、扱《しご》かれる。甘く蕩かされた舌先は、甘噛みを受けた。

「………あっ、ん……」

舌先への強い刺激に、悠は全身を戦《おのの》かせた。

「や、やだ」

キスだけで、こんなに感じるなんて。唇を重ねただけなのに、全身を愛撫されたみたいに、感じている。

本当のセックスを、悠はまだ知らない。浅羽のその言葉は、嘘でも過言でも何でもなかった。

「やっぱりいいです。やっぱりやめます」

キスだけでこんな風になるなら、セックスをしたらどうなるのか自分でも考えるだけで恐ろしかった。

いけない。こんなことはやっぱりダメだ。

「やっぱりしないです、もういい、も……っ」

「……今更、何を言ってるんだか」

くすりと笑われて、後ろ髪をわしづかみにされる。逃がさない、という浅羽の意思表示だ。

強引な口付けに、また唇が奪われる。また舌を奪われて、強く吸われる。

何て官能的なキスだろう。

唇を蕩かされているだけなのに、全身がこんなにも過敏になっている。

「や……うんっ……、ん……」

浅羽の指は、悠を焦《じ》らすように、衣服の上から悠の華奢《きゃしゃ》な骨格をなぞる。腰骨から肋骨《ろっこつ》、背骨。官能の一番の中枢から巧みに逸れていく。意地悪をされて、腰がもう、他愛なく、甘く揺れ始める。

優しく抱き起こされ、膝《ひざ》の上に乗せられる。すぐ間近で、快感を勘える表情を見られてしまうのが恥ずかしかった。

「俺に、どんな風に触って欲しかった？」

「…………」

不意の質問に、悠はきゅっと目を閉じた。

「色んなことを考えただろう？　君の年頃ならそれがごく普通だ」

背中を、ぞく、と震えが走った。シャツの裾をめくり、中に浅羽の手が入り込んでくる。過敏になっているわき腹を下からゆっくりとなぞられ、胸の先端にある突起を軽く摘《つま》まれた。

「やぁ……っ」

「しい……、大人になりたいなら、こんなことくらいでそんな可愛い声は出さないことだ」

「だって、……あっ、ア……！」

唇から零れた唾液を、浅羽の指先が拭《ぬぐ》う。それが再び乳首に触れ、唾液を塗《まぶ》すようにいやらしく指の腹で転がされる。

「あ、ぁ、ダメです……」

「濡れてると、滑りがよくなっていっそう感じる？」

「…………や」

「さすがに、セックスをたくさんしたがっただけのことはあるな。素晴らしく感じ易い」

悠は羞恥にぽろっと涙を零した。浅羽は、さっきから意地の悪いことばかり言ってる。

やっぱり、悠が我儘を言ったせいだろうか？

けれど、意地悪をされればされるだけ、からかわれたらからかわれた分、悠は不思議に感じてしまう。恥ずかしいことに性器は、ひりつくように昂《たか》ぶっている。

前を寛《くつろ》げられ、大きな手のひらに覆われたときには甘えた吐息が唇から零れ落ちた。そのまま前後に擦《こす》られると、浅羽の手のひらの下から、悠の体液がとろとろと溢れ出してしまう。

「は……っ」

もう先走りでぐしょぐしょになっている、と浅羽がまた意地悪を囁く。

「あっ……、あ――」

絶頂は、あまりに呆気なくやって来た。あまりに堪え性のない体で、浅羽にはやっぱり子供だと思われてしまったかもしれない。

やっぱり子供だからあと二年半はお預けだと言われたらどうしよう。

だから悠は精一杯、羞恥を堪え、自分から両足を開いた。もう、最後までするのだ、たくさんするのだと無言で浅羽に訴えた。

悠の拙い媚態《びたい》に、浅羽は目を細めて笑った。苦笑しているのでもなく、呆れているのでもない。

「君の一生懸命だから、俺はこのまま受け取ろう。可哀想だけど、容赦はしないよ」

悠はぎゅっと目を閉じた。

足首に彼の指がかかり、左右に大きく押し開かれる。先走りが流れ零れて、二人が繋がる場所はもうびっしょりと濡れそぼっていた。腰が触れ合い、唇を重ね、浅羽が結合を求めてくる。

「あ――……っ」

濡れた先端が押し当てられる。

浅羽が、内部の感触を確かめるように、ゆっくりと押し入って来た。

悠も男だから、成長した性器がどんな形状になるか無論知っている。それが体を穿《うが》つとき、どんな風に体がつらくなるかもちゃんと知ってる。

最初の括《くび》れを飲み込むまでは少し苦しい。小さな悠の入口は、精一杯に口を広げて、先端をどうにか飲み込む。

容赦はしないと言い放っておきながら、それでも浅羽の動きは、あくまで悠を気遣うものだった。

「つらいか?」

「うう、ん……」

かぶりを振り、喘《あえ》ぎ混じりに否定する。

それでもどうしても涙がぽろぽろ零れるので、無理をしているのは明らかだ。どうしようもなく体を強張《こわば》らせていると、浅羽は前への刺激をくれた。同時に、三度、唇に深いキスをもらえる。

「ん……っ」

結合をゆっくりと深めながら、性器を扱かれる。痛みと快感。どちらにも集中できなくて、とてもつらい。浅羽はゆっくり、だけど確実に押し入って来る。

いったんぎりぎりまで引き抜かれて、また抉《えぐ》られたときには、もう少し深く繋がっている。先走りを塗りつけるようにまた性器を擦られ、窄《すぼ》まりに受け入れた浅羽を引き抜かれては深く、深く穿たれる。

「あ……ぁんっ」

甘い声を漏らしたときが、官能が苦痛を凌駕《りょうが》した瞬間だった。痛みさえも、幸福に変わる。

浅羽がくれるものだったら、苦痛も不幸も、何もかもが歓喜に変わる。

夜はまだ長く、始まったばかりだった。綻び始めた小さな蕾《つぼみ》は、何度となく花開かされ、官能の蜜に濡れ続けた。

予告した通り、浅羽のセックスには容赦がなかった。

子供の器に、大人の欲望を注がれる。悠は息もできないほどの快楽に溺《おぼ》れることになった。嬌声《きょうせい》を上げ、体をしならせて、何度か意識が朦朧《もうろう》となった。

自分の痴態への羞恥に泣いて、泣いて、ベッドから逃げ出そうとすると、すぐに無理やり手首を摑まれて引き摺《ず》り戻される。

恥ずかしがって浅羽の背中を引っ掻《か》くその指先から甘くだるく口付けられて、結局快楽にねじ伏せられる。欲しがったのは悠の方だから、泣いて謝っても決して許してもらえない。

浅羽がどんなに悠のことを愛してくれているか、体で心で、言葉では尽くせないほど教え込まれた。

何度目かに失神して、口移しで冷たい水を飲まされる。悠は溜息を吐いた。正気に戻って、浅羽の腕の中にいる自分に気付く。情熱的な交歓の後で、悠の体はどこもかしこも、艶《なまめ》かしく濡れていた。

「可愛かった。確かに、君は充分に大人だよ」

額に、短くキスをもらう。

あやすような仕草が、何だかからかいにも思える。自分から望んだのに、今、ベッドの上で浅羽に見せたすべてが恥ずかしくて恥ずかしくて、悠は真っ赤になった顔を隠そうとタオルケットの中に潜り込む。

「あ」

しかし、そこでベッドサイドに置かれた浅羽の携帯電話に着信があった。悠がタオルケットから顔を覗かせると、浅羽はけだるい仕草で発信元を確認する。

途端に眉を顰め、すげなく電源を切ってしまった。

「吉住からだ。どうせろくな用事じゃないから、後でかけ直すよ」

「今の曲……」

ん？　と浅羽が目で問うて来た。

「その曲、教会でシスターが演奏されてたんです。どこかすぐ近くで聞いた曲だったなあって思ってたんだけど、浅羽さんの携帯の着信音楽だったんだ……」

「オンブラ・マイ・フって言うんだよ」

汗ばんだ悠の背中を、大きな手のひらが撫でてくれる。悠はその不思議な響きの単語を唇に乗せてみた。

「……オンブラ・マイ・フ」

「意味は『懐かしの木陰』だったかな」

結婚式のときによく使われる楽曲なのだそうだ。だから聞いていると幸せな気持ちになるのだろうか。

教会で子供たちと一緒に聞き入ったパイプオルガン。切なさがこみ上げてくるような、あの音色を思い出す。

『懐かしの木陰』。悠の脳裏に浮かんだのは、どこの国とも知れない、だけれど豊かな緑が茂る大きな木の幹にもたれて木陰に座る浅羽と自分の姿だった。苛烈《かれつ》な陽射しの中を二人で歩いて、ようやく涼しい場所に辿り着き、のんびりと休憩しているのだ。

振り返ってみると色んなことが思い出せる。

父と母が亡くなったときのこと、叔父の家を出たときのこと、頼る人は誰もいなかった。

当時のことを思い出すと、今でも胸が引き千切られそうなくらい痛い。

けれど、その時間を乗り越えて、必死で歩いて歩いて、悠は今、恋する人の傍に寄り添っている。

色んなことがあったこの夏が、そうして終わろうとしている。

「浅羽さん、俺、お願いがあります」

悠はそう言って、上半身を起こした。まだ素っ裸で、浅羽の視線が紅潮した胸元辺りに向けられたが、真剣な面持ちの悠はそれには気付かない。

「俺、夏休みが終わっても、教会でのボランティアを続けたいです。かまわないでしょうか」

日中は学校があるので、夏期休暇が終わったら浅羽の事務所でのアルバイトはできなくなる。だけど、子供の面倒を見るのは週七日、二十四時間、一切休みがない。子供たちを楽しませるお遊戯会や季節ごとのイベントの準備で教会はいつも人手不足だ。

悠に懐いている子供もいて、シスターたちは、週に一度か二度でも悠が来てくれると助かると言ってくれている。

「自分のことも何一つできないくせにボランティアなんて僭越《せんえつ》だって分かってます。でも、学校の勉強も、家事も、絶対に疎《おろそ》かにしません。今、俺に懐いてくれてる子たちがいます。その子たちを絶対に放り出したくない」

「教会に行って、子供たちを相手に君はどんなことをしてるんだ？」

浅羽が興味深そうに尋ねてきた。裸の肩に、タオルケットをかけてくれる。

「絵本を読んだり、輪になって一緒に歌を歌ったりします。役に立ってるのかどうか、今ひとつよく分からないけど……」

だけど、悠にできることがあるなら、そこに全力を注ぎたい。

そう告げると、いきなり浅羽に手首を摑まれた。そして、彼の下に抱き込まれてしまう。

散々抱かれて色んな体液に塗《まみ》れた体を見られてしまう。慈しむような、けれど悠の全裸を余すところなく見下ろす強い視線に、悠は居た堪《たま》れなくなって、顔を横に逸らした。

「……なんですか？　俺、どこかおかしいですか？」

「こんな風にしても、君は相変わらず月に照らされてるみたいにぴかぴかで、綺麗なまんまだな」

目を細め、悠に笑いかける。無理やり大人にしたら、悠が健やかに育つ過程を歪《ゆが》ませてしまうと思っていたのは、杞憂《きゆう》だったと、自嘲する。

「何もかも、君が一番いいように。君が幸福でいるならそれでいい。ただ、一つだけお願いがあるんだ」

「お願い、ですか……？」

「君はさっき、こぎつねと呼ぶなって言ったけど、できたらあれを、撤回してくれると嬉しい」

悠は少し耳を赤くする。さっき子供扱いされているのだと、泣きじゃくって抗議したことが、改めて面映《おもは》ゆかった。

「君の一生懸命で優しい気持ちが俺にはいつでも可愛くてならない。それは出会った頃から変わらない。その愛称は、俺の恋の大切な記念《メモリアル》なんだ」

メモリアル。恋人同士の、指輪や一緒に撮った写真と同じ意味合いだろうか。だとしたら、とても嬉しい。

悠がおずおずと頷くと、浅羽はその怜悧《れいり》な美貌に優しい笑顔を浮かべた。

「それからもう一つ。教会に通うようになって、神様の身近にいるようになっても忘れないように。君を世界で一番愛してるのは神様じゃない。俺は君を誰よりも愛してるよ」

「俺も、俺も浅羽さんのことが、好きです」

愛している、という言葉をさり気なく口にするには、悠はまだまだ恋愛に未熟で、やはり子供なのだった。

だからその代わりに、精一杯、自分の気持ちを表す言葉を口にした。

誰かを好きだと言葉にできる幸福は、好きだと告げられるよりも、もっと強烈なものだった。

「浅羽さんが死ぬほど好きです」

あの童話のこぎつねの最後はとても可哀相だったけれど、悠は同じ結末を迎えたとしても浅羽の傍なら、多分悲しくない。

また口付けられて、シーツの上で荒々しく抱き締められる。

「あ……っ、あ……」

再び濃い快楽の底に、悠は溺れさせられていった。

午前中は二学期の始業式だった。悠は学校を終え、放課後に友人たちと別れてから教会を訪れている。

敷地内の砂場では、智哉が相変わらず、一人で遊んでいる。スコップを使い、砂の城を作っているようだ。

他の子供たちは、菩提樹の木陰に敷いたビニールシートの上に集まって、涼みながらおやつの最中だ。浅羽が子供たちに差し入れて欲しいと手渡してくれた小遣いで、悠は二種類のアイスクリームを買って来た。子供たちは大喜びしながら食べている。

智哉はまだ上手にその輪の中に入れないでいる。

「智哉君。おやつ食べようか」

悠はその傍にしゃがみ込み、他の子供たちがいる木陰へと智哉を誘った。

聞こえていないはずはないのだが、智哉は答えない。その背中が酷く緊張しているのが悠には分かった。

優しくして欲しいと訴えているのではない。むしろ、逆に怯えているのかもしれない。もう期待させないで欲しい。裏切られることを恐れる子供に、悠は痛ましさを感じる。

その痛みは悠にも憶えがある。胸に深く刻みつけ、それでも悠が乗り越えて来たものだった。

「一緒に行こう？　アイス食べて、その後で絵本を読んであげる」

智哉はその真っ黒な瞳で自分の手元だけを見つめている。延々と砂をすくい、お城を築いてはそれを崩す。

小さい体を強引に攫ってしまうこともできなくもない。けれど悠は智哉の傍でじっと待ち続けた。たとえ智哉が拒絶しても、ずっとここで待っていると悠は無言で智哉に語りかけた。

どのくらいそうしていただろう。

やがて、智哉がきゅっと唇を噛み締める。

「……いく」

まだ、自分の手元に視線を落としている。

「ともやも、アイスを食べていいの？」

「うん。一緒に食べよう？」

悠は微笑して、スコップを握っていた小さなその手を取った。本当に、胸が痛くなるほど小さなその手をしっかりと握り締め、悠は歩き出した。

終わりかけた夏の陽射しは、まだきびしい。周囲が真っ白く思えるほどに眩しく、悠は智哉の小さな体が自分の影に入るように歩いた。

アイスクリームはバニラとチョコレートのどちらが好きかと尋ねたら、チョコが好きだとぎこちなく答える。それから、おずおずと悠を見上げ、智哉にも読んで欲しい絵本がたくさんあると言う。

悠は笑ってそのひたむきな瞳に答えた。

「いいよ。たくさん読もうね」

悠は遠いいつかの未来を思う。その時、今を振り返っても、何一つ後悔はしたくない。

愛してくれる人に何ら恥じることなく、誇りに思ってもらえる自分でいたい。

苛烈な季節のさなか、それでもいつでも豊かな木陰のように、悠を慈しんでくれる。大好きなあの人のように、優しく強くあろうと思った。

＊文中の賛美歌は、日本基督教団讃美歌委員会編『讃美歌』（日本基督教団出版局）より引用しました。

いつくしみ深き

夜中にふと目が覚めた。

降り出した雨音のせいかと思ったが、ベッドの隣に出来ていた空白に無意識に気が付いてしまったものらしい。隣の空間に手を伸ばすとシーツがひやりと冷たい。隣で眠っていたはずの悠《はるか》はずいぶん前にこのベッドを抜け出したようだ。時間は深夜の二時半だった。

二人が同じベッドで眠るようになってもう一ヶ月以上が過ぎただろうか。その間、悠が黙って長くベッドを抜け出したことはなかったように思う。

何となく気になってベッドを下りる。初秋のことで、裸足《はだし》にフローリングの床がひんやりと感じた。

「悠?」

廊下を抜けると、ダイニングキッチンの明かりが点《つ》いている。扉に嵌《は》め込まれたガラス越しに室内を見ると、ダイニングテーブルに着いている悠の横顔が見えた。テーブルの上のグラスにはミネラルウォーターが注《つ》いである。悠はテーブルに頬杖《ほおづえ》をつき、カーテンを少し開けて、窓の外を見るでもなく眺めているようだ。

浅羽《あさば》が声をかけずにいたのは、悠がこれまでに見たことがないような物憂い表情をしていたからだった。

ただぼんやりしているのではない。何か、深い思索に耽《ふけ》っているらしい。いつ起き出したのかは知らないが、眠れずに時間を持て余しているのだろう。

正直、浅羽は当惑していた。

成長期の眠りは深いものだから、一度眠ったら悠は朝まで目を覚ますようなことはなかったと思う。それに恋人として一緒に暮らすようになってからは、何か悩み事があれば一番に浅羽に相談に来たものだ。「浅羽さんはどう思いますか？」「どうしたらいいと思いますか？」くるくると大きな目を見開いて、一生懸命な表情でそう尋ねてきた。

それが今、悠は一人を選んでいる。

一人で闇を眺め、思案することを選んでいる。

浅羽には、何故《なぜ》かそれがかなりの衝撃だった。そうして悠に声をかけることなく、そのまそっと寝室に戻ったのだった。


「第一回の口頭弁論まで時間がありません。ええ、来週一番で資料の転送を願います」

電話を切ると、すぐにメールチェックを行う。顧問先からのメールに手早く返信すると、今度は携帯電話が鳴る。

「浅羽先生は相変わらずご多忙ですこと」

携帯での用件を済ませた浅羽を、友人の吉住《よしずみ》がからかった。夜半から降り続けた雨は、昼近くになってもまだ降り止《や》まない。浅羽は今、自分のオフィスで友人の吉住と過ごしている。パーテーションでいくつか区切られた室内の一番奥が応接室になっており、六畳ほどの部屋で、秘書の神崎《かんざき》に珈琲《コーヒー》を運ばせてからは完全に二人きりだ。吉住はフレックス制が採られている大企業の法務部に所属している。今日は午後からの勤務らしい。浅羽にはまったく用事はないのだが、吉住は暇な午前中はこうしてこの事務所にふらりと遊びにやって来る。

吉住が好む珈琲を出すと長居をして浅羽の仕事に障るので、神崎は吉住には普段は緑茶しか出さないのだが、今日は浅羽の仕事が立て込んでいないので特別に珈琲を出してくれたらしい。

その香ばしい匂《にお》いが漂う中、吉住はローテーブルに置かれていた分厚いリングファイルを手に取った。ぱらぱらとファイルをめくる。無論、弁護士には守秘義務があるので、たとえ同業者とは言っても案件の詳細は教えられない。それでも敏《さと》い親友は、案件のだいたいの輪郭は摑《つか》んだらしい。

「相続係争ね。複数の企業の代表取締役だった被相続人には正妻の他に愛人が六人いた。その間に嫡出子《ちゃくしゅつし》が十数名。相続人総勢十七人。そこに内容がばらばらの遺言書が十二通。またこれがそれぞれ正当な書式を踏んでいる……揉《も》めるだろうなあ、これは。お前、ただでさえ忙しいんじゃないのか。あんまり根を詰めすぎるのもよくないぜ。ほどほどでいけよ」

友人の助言を斜め聞きしながら、浅羽は液晶画面のテンプレートに必要事項を打ち込んでいく。

「無茶はしてないさ。ただ、お前みたいに後ろ盾がある立場じゃないんだ。ややこしかろうが難しかろうがどんどん仕事を請けていかないと、祖父《じい》さんや親父《おやじ》がうるさい」

「まあ、俺たちの年代で独立してるってのはなかなか珍しいからな。周りの見る目も確かに厳しくなるんだろう」

大学時代に司法試験の現役合格を果たした浅羽は、司法研修所での研修を経て、都内でも有数の大手法律事務所に所属した。ところがそこで事務所が完全瓦解《がかい》するような事件に巻き込まれる。その事件を契機に悠と出会うのはまた別の話で、そのとき浅羽は弁護士として完全に足場を失ってしまったわけだ。しかし浅羽の祖父、父、二人の兄も弁護士をしており、それぞれが自分の事務所を構えている。彼らはそれぞれ浅羽の身の上を案じ、自分の事務所にと誘ってくれたが浅羽はそれをよしとしなかった。運の悪さも実力のうちだ。所属した事務所が潰《つぶ》れることもあるだろう。それを自分で乗り越えなければ、難なく出世を果たした祖父・父兄弟に顔が立たないような気がしたのだ。

思えば青臭い理想論だが、早い独立は一応の成功を収めた。どんな煩雑な案件でも厭《いと》わず引き受け闇雲に働くうちに、事務所は徐々に軌道に乗った。今では秘書を雇い入れ、顧客も順調に増えている。

今抱えている案件のような、難しい仕事も依頼されるわけだ。

吉住はファイルを閉じると、長い足を組んで、咥《くわ》え煙草《たばこ》で浅羽の横顔に見入っている。

「で？　仕事はいつも通りきっちりこなしつつもお前がそんな浮かない顔をしてるのは、何もこの案件のせいだけでもないだろ？」

「……浮かない顔？」

「最近禁煙してたはずなのに、今朝はずいぶん本数が増えてるみたいだぜ？」

そうして浅羽は無意識のうちに新しい煙草に火を点けようとしていることに気付いた。最近禁煙していた――自分の健康、のためではなくもちろん同居している悠のためのものだ――つもりだったのに。

「どうした？　煙草の本数が増えるようなことがあったか？　夫婦喧嘩《げんか》の仲裁なら任せておけよ」

「悪いが離婚係争は俺の得意分野でね」

悠をとことん気に入っている吉住は、浅羽と悠の生活にあれこれと首を突っ込みたがるのだが、浅羽の返事はたいてい冷たいものだ。

「お前と違って仕事の時間なんだ。仕事の話以外ならしたくない」

「まあそう言わずに。雑念が入ると仕事にもいま一つ身が入らないものだろう？　効率が下がるのも良くないいんじゃないか？」

「正直、今はお前の存在が一番の雑念だ」

さり気なくさっさと帰れと促したが、それで聞くような友人ではない。無表情に液晶画面を見詰め、仕事に打ち込んでいるふりをする浅羽に、テーブル越しにずいと顔を寄せた。

「言っておくけど、気がかりなのは浅羽、お前のことじゃない。お前の家に住んでる可愛《かわい》いこぎつねくんのことが心配なんだ。仕事中のお前にそんな顔をさせるなんて、俺の知るところあの子の存在以外有り得ないからな」

ずばりと言い当てられ、浅羽は憮然《ぶぜん》とした。

どんなトラブルでも、悪友の茶々が入っても、目の前に仕事があればそちらに完全に没頭すべきだ。けれど昨晩、雨音のするダイニングでの憂いの表情を思い出すとどうにも心が千々《ちぢ》に乱れる。

あの静かな表情。浅羽には見せたことのないあの表情で、悠はいったい何を考えていたのだろう？

浅羽は溜息《ためいき》をつきながらノート型パソコンをローテーブルに置いた。何ともなしに、呟《つぶや》いてみる。

「十六歳っていうのは大人なのかな」

吉住は紫煙を吐くと、さらりと言い返した。

「本人ばかりは大人だと思ってる世代かな」

それから少し思案して、言葉を継ぎ足す。

「でも悠君の場合は、一度独立してたわけだし精神年齢は他の十六歳よりはずっと高いとは思うけど」

それは、浅羽もそう思っている。

悠の学校が夏期休暇の折、アルバイトに使ったことがあったのだ。そのとき、浅羽はさり気なく悠の働き振りを観察していた。まだ世間知らずな側面も多分にあるし、多少内気なきらいはあるが、任された仕事の上では物怖《ものお》じをしない。考え方に私情を挟むこともしない。それでいて、その場にいるものを和ませる不思議な存在感がある。学校でもずいぶん人気者のようで、この前、悠が風邪をひいたとき、クラスメイトだという男子高生が数人、それにボランティアで関わっているという子供たちが花を抱えて浅羽のマンションに訪れた。普段の悠は、家主の浅羽に気を使って友人らを連れて来ることはしないが、すっかりこじらせて数日引きこもってしまったため、ノートやプリントを届けてくれたのだ。森本《もりもと》という学級委員長がいて、彼とは特に仲が良いらしく、時々じゃれあっていた。胸中、少々複雑だったのは、森本が若い頃の浅羽に似ているあたりだ。

さらに、教会でのボランティアでもずいぶん頼りにされているらしい。悠に懐いている子供はとても多いという。いったいどう時間をやり繰りしているのか、いっそ浅羽の方が不思議になるが、悠の世界は確実に広がっている。

それはつまり、浅羽に関わりのない世界も、増えているということだろう。

「……とにかく、夜中に目を覚ましたならなんで俺を一緒に起こさないのか、悩み事があるならなんで話さないのかが気になるんだ」

友人は何気ないその一言で状況を理解したらしい。

「恋煩《こいわずら》いじゃないのか？」

「は？」

からかうような吉住の口調に、浅羽の声はつい剣呑《けんのん》になった。涼やかに切れあがった目で友人を睨《にら》みつける。

「もう一度言ってみろ。悪ふざけにもほどがあるぞ」

「まあそう怖い顔するなよ。可能性の一つだ。夜の雨音を聞きながら物思いに耽るなんて恋煩いに決まってるじゃないか」

「何を言ってるんだ、お前は」

浅羽は呆《あき》れきって用件が済んだ文書を閉じた。そうして我知らず、語気荒く主張する。

「悠にはれっきとした恋人がいるんだぞ。俺とあの子はきっちり両思いだ。何を煩うことがあるんだ」

「あーあ、恋は男を馬鹿にするって話は本当だな。昔から冷静沈着・頭脳明晰《めいせき》で有名だったお前がこうまで鈍くなるんだからな」

やれやれ、と吉住は肩を竦《すく》める。浅羽は決して短気ではないが、吉住のその余裕ぶった態度が何故か今、酷《ひど》く癇《かん》に障った。

「だって俺たちが十代だった頃を思い出せよ。一人の女の子を一途《いちず》に思い続けたことなんてあったか？　付き合ってる彼女がいたって、飲み会で気の合うちょっといい子がいたらあわよくばって考えたろ？」

浅羽は無言になる。確かに、そういったことをした記憶はないではない。浅羽も吉住も、それほど努力しなくとも成績はすこぶるよかった。恋愛遊戯にかまける時間はたっぷりあったのだ。

「……悠は俺たちとは違うだろう」

「あの子自身が誠実であっても、誘惑は多いだろう。何しろあの容姿だ。女の子はもちろん、男だって——そうそう、それにそういえば、先週、悠君が、女の子からアプローチされたことがあったよな？　あれどうなった？」

「断ったっていうことしか聞いてないよ」

先週、悠が困り顔で相談してきたことがあった。

通学中、乗換駅で電車を待っていると、見知らぬ女子高生が三人近付いてきて、そのうちの一人にそっとメモを手渡されたそうだ。そこには、彼女のものらしき携帯電話のメールアドレスと番号が書いてあった。

昔ならラブレターというところか。つまりは、恋の告白だ。

「もらったアドレスに断りのメールを入れたって聞いただけだ。それ以上は話もしてない」

「万一、それが嘘《うそ》で、その女の子と今も交際があるとしたら、どうする？」

吉住も、悠がそんな器用な、悪辣《あくらつ》な真似《まね》が出来るなどとは欠片《かけら》も思っていないだろう。単にこうして浅羽を挑発し、面白がっているのだ。仕事の関係でこんなからかいを許す浅羽ではないが、恋愛となるといささか立場が弱くなる。人生経験で吉住に負けるとはまったく思っていないが、今、胸にいる相手があまりに大切すぎて大言は吐けない。

「結局、お前がやってるのは放し飼いだな。悠君はそれを悩んでたのかもしれない」

「……放し飼い？」

「自由にさせてるようで結局枠で囲い込んでる。お前があの子に与えてるのは塀の中だけの自由だ。自己満足とも言う」

ずいぶんな皮肉を言われているような気がするが、浅羽には吉住の言葉の真意が今ひとつ分からない。悪友の顔を、剣呑な気持ちで眺めていた。

「両立しないんだよ、浅羽。恋人と保護者っていうのは似て非なるものだ。確かに両者は両方、あの子を守る立場ではある。だけど恋人は拘束しつつ相手を守るもの、保護者は自由を与えて成長させながら相手を守るもの」

笑顔で吉住が語る。

それは浅羽にはない発想だった。動揺した表情を見せるのは悔しいので、浅羽は無表情を装っておいた。それをいいことに、吉住はますます饒舌《じょうぜつ》になる。

「あの年頃の子を成長させないってわけにはいかないから、お前はしばらく保護者として立ち回るべきなのかもな。年齢差のある恋である以上、その辺り、お前も覚悟してるんだろう？」

浅羽ははっと息を呑《の》む。

吉住が言う、覚悟などしていなかった。

悠はいつも、浅羽の傍《そば》で、浅羽だけを見て微笑《ほほえ》んでいるものだと思っていた。そうしてそんな悠を、誰にも傷つけられることなく、世の中の辛《つら》いこと、痛いことを見せることなく、庇護《ひご》することこそ恋人としての役割だと信じていた。悠のやりたい様にやらせて、けれど危ない場所に近付けば、大急ぎで手元まで引き寄せた。

けれど、それは――塀の中だけの自由？　あの子の成長を阻害している？　それは恋人としても保護者としても失格ということか？

「ま、仮にも恋人同士のことだから？　俺がこれ以上あれこれいうのはやめておこうか」

言いたいことを言うだけ言って、悪友はソファから立ち上がった。そろそろ出勤の時間であるらしい。憎たらしいことに、浅羽に上手《うま》い反論の余地はない。

「さっきの案件、行き詰まったらいいアドバイザー回すから言ってこいよ。悠君関連なら俺が直接聞いてやってもいい」

「大きなお世話だ」

こいつに相談したら余計混乱させられる。

「じゃあお邪魔様。神崎君、珈琲美味《うま》かった、ありがとう」

デスクについて書類の処理をしていた秘書の神崎にまできっちり愛想を振りまいていく。

神崎は妙齢の美女だ。この辺り、吉住にはまったくそつがない。

——囲いの中の自由。お前はあの子の成長を、望んでなどいない。ただ今のまま、あの子を腕の中に抱いていたいだけ——

部屋に残された浅羽は、一瞬悩んだが結局、ソファの上で煙草に火を点けたのだった。


「………浅羽さん！」

扉を開けた途端、悠が慌てた様子で廊下の奥から飛び出してきた。その日、浅羽が帰宅したのは午前零時も過ぎた頃だった。まだ悠と出会う前、よく一人でふらっと飲みに行っていた店に、久しぶりに立ち寄ったのだ。

いつもなら遅くなるときには必ず悠の携帯にメールを入れ、先に眠っておくよう伝えておく。そうしなければ何時まででも、悠は起きて浅羽を待っているからだ。

悠は必死の表情で、浅羽の長身にすがり付いて来る。

「何かあったのかと心配で……こっちからメールを入れようと思ったけど、もしかしたら重要なお仕事の最中かもしれないし……どうしたらいいのか、分からなくて」

「うん、ごめん」

「緊急のお仕事でしたか？　だったらやっぱり、メールでいいから連絡が欲しいです。そうじゃなくちゃ、落ち着かなくて……」

ダイニングに行くと、悠お得意の豆腐ハンバーグステーキやほうれん草の胡麻和《ごまあ》えが丁寧にラップをかけられ置かれているのが見えた。悠の手料理はいつも丁寧で彩りが良く、多忙な浅羽を気遣って栄養バランスの優れたものが拵《こしら》えられる。浅羽が食べなかった皿は、全部明日の悠の弁当に使われるのだろう。倹約もきちんとしている。遅い帰宅に文句を言うでもない。

――本当に、いつの間にこんなに大人になったのだろう。

悠がグラスに入ったミネラルウォーターを手渡してくれる。それを一息に飲んで、浅羽は尋ねた。

「君、今日一日、何してた？」

「え？」

「俺がいない間、何して過ごしてた？」

悠はぽかんとしている。

「何って今日は平日ですから……いつも通り学校に行って、帰り際に買い物に行って、家事を済ませて今、今週末提出のレポートを……」

自室の勉強机だと浅羽の帰りに気付くのが遅くなるので、このダイニングテーブルでレポートを作成していたらしい。

「あ」

悠は小さく呟くと、テーブルの上に置かれていた用紙をバインダーの下に滑り込ませようとする。

だが浅羽は見逃さなかった。何か書きかけの用紙を、用心深くファイルの中に入れたのを。悠の細い手首を乱暴に摑《つか》む。悠が小さく息を呑むのが分かった。

「今のは？」

「いいえ、別に何でもないです」

やや色の淡い瞳が、動揺を隠し切れずに背けられるが浅羽は許さず目を合わさせる。今日一日別々の時間を過ごし、そうして夜半にようやく再会出来る恋人。

酔っているはずなのに、頭の芯は明瞭《めいりょう》に冴《さ》えていた。

とどのつまり、自分は悠の日常に嫉妬《しっと》しているのだろうか。見舞いに来た悠のクラスメイト、悠に告白した女の子、ボランティアで面倒を見ているという小さな子供たち。保護者に徹するなら悠にはもっともっと色んな世界を見せてやった方がいい。

――けれど恋人としての浅羽はそれをまだ許容できない。

無言でいる浅羽に、何か違和感を感じているのだろう。悠は怯《おび》え切った目をしている。もう風呂を済ませたのか、パジャマ越しにもボディーソープの甘やかな香りがする。甘い、清潔な、悠の香り。自分だけが知っているこの子の匂い。

いつかこれが、浅羽一人のものでなくなる日が来てしまうのだろうか。たくさんの人に囲まれ、愛されたそのときにも、この子は一番に浅羽を選ぶだろうか。

どさりと音を立て、浅羽のビジネスバッグが床に落ちた。同時に、半ば悠を引き摺《ず》るようにして廊下を歩き出す。寝室に向かって。

「浅羽さん？　浅羽さん……!?」

明かりを点け、悠の体をベッドに放《ほう》り投げる。起き上がる暇を与えず、その華奢《きゃしゃ》な体が腹這《はらば》いになるように圧《の》し掛かり、抱き込んだ。浅羽の腕に心地よくすっぽりと収まる体。まだまだ細身だが、出会った頃よりは遥かに大人びている、この体。悠の顎《あご》を掴み、強引にこちらに顔を向けさせた。

「ん……っ、んん？」

すぐさま舌を絡み付ける。「ただいま」「お帰りなさい」の挨拶《あいさつ》のキスとは違う。深く粘膜を合わせ、互いの口腔《こうこう》の熱さやぬるつきを感じ合う淫《みだ》らなキスだ。

「んん……、ん……」

シャワーも浴びずにベッドで唇を重ねることなど初めてで、悠は今の状況に驚いているに違いない。

「……浅羽さん、どうして……？」

悠は腹這いの不自由な姿勢で、顔を真っ赤にさせている。

いつもなら、露《あらわ》になった部分に優しくキスしたり指で触れたりしながら、ゆっくりゆっくりと悠の体を解《ほど》いていく。悠の体が熱を増し、敏感になっていくのを辛抱強く待つ。それが浅羽が悠に教えたセックスだった。

だが今日、この夜、浅羽には悠が解けるのを待つ余裕がない。

離れていこうとしているのかもしれないこの子に、大人として優しく出来ない。逃げられないよう、うつ伏せに押さえつけた。悠は状況が分からず、やや腰を浮かして何とか体を反転させようとするが、その抵抗は寧《むし》ろ浅羽には好都合だった。

「浅羽さん」

パジャマの上着の裾をまくり上げると、滑らかな皮膚が触れた。指先で、そうして後を追うように唇でじっくりと悠の弱いラインを辿《たど》る。

「あ……………！」

悠の体がふるっと震えた。浅羽の指先が悠の胸の突起に触れたからだ。

「あん…っ」

悠の性体験はすべて浅羽が初めてだが、性的な意味でここに触れたのも恐らく浅羽が初めてだろう。悠には自覚はあまりなさそうだが、初めての頃より、ずっと感じやすくなっている。指でずっと転がしてやっていると感じすぎて泣き出してしまうくらいだ。

悠の体をやや右に浮かせ、露になっている乳首を唇に含む。

「あ、あ、いや」

浅羽の意図を察したのか、悠は遮二無二《しゃにむに》かぶりを振って、浅羽から逃れようとした。その抵抗が、浅羽の嗜虐《しぎゃく》性をいっそう煽《あお》り立てる。

「……あ――……っ」

吸い上げながら舌先で優しく舐《な》め上げ、ちらちらと先端をくすぐる。優しい愛撫の後でいきなりくっと歯を立てると、悠は体を強くこわばらせた。快感を得ている証拠に、足の指先がひくひくと痙攣《けいれん》している。

「あっ、……あ、あ……どうして……？」

悠がどうにかして、浅羽の表情を見ようと体を捩《よじ》る。

「ん……、ん……、いつもとちがう……こんな……っ」

「乱暴で、興奮する、か？」

「や……」

背後から耳孔に舌先を押し入れると、その温かく柔らかい感触に悠は甘い吐息を漏らした。

「ああ……ん……っ」

悠の身体は十分に熱を帯びている。ジェルを取り出すのがもどかしかったので、人差し指を舐める。獣めいた浅羽の所作に、悠は顔をいっそう赤くさせて目をそらす。唾液《だえき》で濡《ぬ》れた人差し指を、悠の秘密の器官にそっとあてがう。

「…………ん」

「そのままだ。力を抜いて。痛かったら、言えよ」

自ら濡れる器官ではないから、いつもより潤滑剤の少ないやり方に、内部を傷つけないよう慎重にならねばならない。しかし何度か唾液を足すうちに悠は健気《けなげ》にも浅羽のすべてを受け入れた。ただまだ官能を感じてはいないようで、両手で必死にシーツに縋《すが》っている。

「悠……」

柔らかなつむじに口付ける。

いったいいつからこんなにもこの子に囚《とら》われるようになったのだろう。出会った満月の夜、月光は蜂蜜《はちみつ》のように甘いばかりで、童話のように穏やかだったのに。あの夜がこんな凶暴な気持ちに繋《つな》がるなんて浅羽は夢にも思わなかった。

「……悠」

合わせた唇は涙で濡れてしまっていた。塩辛い唇を、貪《むさぼ》る。歪《ゆが》んだ充足感を得られた。悠は健気に舌を差し出し、浅羽に応《こた》えている。下半身にも粘膜の感触をはっきりと感じる。温かく柔らかく、こんな状況でも決して浅羽を拒みはしない。

「あ、っあ、あ」

激しい抽挿に耐えかねたのか、上半身を支えていた腕ががくんと折れて、尻が丸出しになるより淫らな格好になった。するとさんざん刺激されて過敏になってしまっている胸とシーツが擦れてしまうらしい。乳首を指先で隠そうとするのを、浅羽は無言で阻んだ。

「あっ、や……、浅羽さん、イヤ………怖い」

そういいながら、浅羽の動きに合わせるよう、悠の腰も拙《つたな》く前後に揺れている。潤み切った瞳が、浅羽を見上げた。

「このままじゃイヤ」

快楽の吐息をつきながら、悠が必死に浅羽に訴えた。

「浅羽さんの顔をちゃんと見てじゃなきゃ、……やです」

それが自分を犯す男へ、悠の唯一の望みだった。

一旦抜き放ち、華奢な体を上向きにして、悠の脚を抱え上げる。ぐっと前倒しにすると、悠が息を詰めた。次にどんな蹂躙《じゅうりん》が待っているか、ちゃんと分かっているからだ。

一呼吸置き、浅羽は体を進める。官能の凶器で、柔らかく潤んだ悠を一気に刺し貫く。

「――ああああっ！」

悠の身体は進入を拒んで固く締まったが、浅羽はさらに強引だった。深く深く、悠の最奥へと己を埋める。

「…………………っ」

悠が声もなく体を仰《の》け反らせた。過敏な凝《しこ》りに浅羽が当たったのだ。

「いや……、あぁぁっ、ああ！　あ……！　もう……っ！」

「悠……」

愛してる、という声は届いただろうか。

この子の成長を妨げず、けれど心の距離は今までと同じ誰よりも近くでありたい――そんな愛し方が、自分に出来るだろうか。

熱波のような情欲が去ると、後には罪悪感ばかりが浅羽の中に取り残された。シーツの上に放り出された悠の手足がいつもよりいっそう華奢に見え、痛ましく思える。

「ごめん、乱暴した。悪かった」

「……」

悠は顔を枕に押し付け、表情を見せてくれない。

「怒ってるのか？　顔を見せてくれないか」

懇願を繰り返すと、悠はのろのろと首を起こした。涙でまだ潤んだ目が、浅羽を見、それからふいと逸《そ》らされる。

「……怒ってなんかいません。ただ、浅羽さんも変だったけど、俺もいつもと違っちゃったから……」

浅羽が強引だったとはいえ、それでいつもとは違う快感を得てしまったことを恥じ入っていたらしい。浅羽を責める前に、自分の嬌態《きょうたい》を恥じ入る。悠らしい慎《つつ》ましさについ微笑が浮かぶ。

浅羽は指先に悠の柔らかな髪を絡め取った。

「ごめん。いい歳《とし》して自分をコントロール出来なくなるなんてどうかしてた」

「どうしてあんな……だったんですか？　びっくりしました。今日、帰り遅かったし、帰って来たと思ったら、こんなで……」

幸い、悠の体にも心にも傷を付けてはいないようだ。心底安心すると、今度は照れ臭くなって、悠から目を逸らした。

「ごちゃごちゃ悩んでるところに、君に隠し事をされて、ついかっとした」

吉住との問答や、昨晩見た悠の表情に情けない話だが不安——を覚えていた。しかしそれを口にするのは大人の沽券《こけん》に関わる。

「隠し事？」

「俺が帰ったとき、何かのプリントをさっと隠したろ？」

「あ……」

それでようやく悠は思い出したようだ。

「あれは、別に隠す必要はなかったんですけど……」

「でも俺から見えないように仕舞ったろ？　それが気になった」

悪戯《いたずら》っぽく言葉を継ぎ足す。

「また別の誰かから、ラブレター紛《まが》いの何かを貰《もら》ったのかって」

「そんなんじゃありません。浅羽さんが気にされるようだったら持って来ます」

パジャマのズボンと下着は浅羽が剝《は》ぎ取ってしまったので、上着だけを引っ掛けたかなり扇情的な格好でベッドを下り、部屋を出て行く。戻って来ると、学校で配布されたらしきプリントを手にしていた。

「これは？」

悠が答えるまでもなかった。そこには大きく、「進路希望調査票」と書かれていたからだ。

「明日までに提出だから、もう書かなきゃいけないんですけど」

「どうしてこれを隠したりしたんだ？　今すぐになりたい職業があるんじゃないならとりあ

えず大学に進学しておけって話はしたよな？」

「お言葉に甘えさせてもらおうとは思ってます。一生のことですから遠慮はしません。でもやっぱり、これでいいのかなって」

「悩んでるのか？　前に、うちの業種に就きたいって話をしてなかったっけ？　君の現在の成績が大学進学後も維持されるとしたら何も問題はないはずだ」

「それは……そのお話をした頃は、ただお仕事中の浅羽さんが格好いいとか、同じ仕事に就いたら……浅羽さんの傍にいられる時間が長くなるんだなって、そんな気持ちばっかりで。改めて自分の未来を考え直してみたら」

　悠がこくんと喉《のど》を鳴らした。どうやら緊張しているらしい。

「学校の先生になりたいんです……小学校か中学の」

　そう言うなり、悠は真っ赤になって調査票を浅羽の手から奪った。

「だ、だからつい隠しちゃって……。分かってます。おこがましいって。自分のこともまだ曖昧《あいまい》で……教会のボランティアじゃ迷惑をかけることもあるし、もっと向いた道が色々あるんじゃないかって考え出したらきりがなくて。でも教会で、子供たちの面倒を見てるとき、俺自身も安らぐのは本当なんです」

「安らぐ？」

「大切なあの子たちが、その日一日無事に過ごせたことがただ嬉《うれ》しいんです」

当惑する浅羽に、悠はにっこりと笑いかける。

「子供は必ず成長します。大人になったとき、俺のことなんて忘れてしまってると思う。でもそれでいいんです。その子の幸福な一生に、俺がほんの一瞬でも関わることが出来たなら」

それは奇《く》しくも、今日一日浅羽を悩ませた問題を呆気《あっけ》なく解消する言葉だった。

人の記憶には限りがあるから。幸福であればあるほど、胸を満たす出来事は現在のものでいっぱいだろう。だから忘れられてもいい。それは悲しいことではない。悠はそう言って、子供たちの成長を心から喜んでいる。

浅羽は長々と溜息をつくと、かぶりを振った。

「……負けた」

「え？」

「度量の広さで君に負けた。相手が幸せなら忘れられてもいいなんて発想、俺にはなかった」

いや、やはり悠に忘れられてもいいなんてやはり思えない。大切な人の記憶には残っていたい。

けれど、相手が幸福ならそれでもいいと、悠は言うのだ。

だが悠は少し恥ずかしそうに首を俯《うつむ》かせる。

「でも、浅羽さんは別ですから」

　それまでは窓の外の夜の闇にかき消されるようにぼそぼそと話していたのが、急に語勢が強くなる。悠の目がはっきりと浅羽を見た。まだ浅羽よりずっと小さい手が、浅羽の手を握り締める。

「自信を失《な》くしたり、自分なんかダメなんだって思ったときは、浅羽さんに傍にいて欲しいです。いつもいつも傍にいて欲しい。もちろん浅羽さんに追いつく努力もします」

　少し興奮気味でいる悠に苦笑して、浅羽はゆっくりとその背中を撫《な》でてやった。

「君は外の世界を知るにつれて、成長して、俺よりもっと尊敬できるような……恋すべき相手と廻《めぐ》り合う可能性については、考えないのか？」

　そう問いかけると、悠はきょとんと目を見開いた。

「そんなこと考えたこともありません。だってもともと浅羽さんは俺にとっては月みたいに遠い人なのにそんな人の恋人でいられるなんて……こんな奇跡、有り得るはずがない。だって浅羽さんの傍で俺は大人になるんでしょう？　同じ物を食べて一緒に眠って、俺のたくさんの部分が浅羽さんのものだもの」

　聞き終わるなり、浅羽は悠を抱き締めた。

「わ、わ、浅羽さん？」

　清々《すがすが》しい笑顔のまま、戸惑っている恋人を抱き続ける。悠は浅羽を月のようだと言うが、悠は優しく正解へ導く月光そのものだ。

恋人だから束縛したい、保護者だから自由に成長させてやらなければならない――二律背反は浅羽の未熟によるものだったのだ。自分も、まだまだ青臭い若造に過ぎないからこそ、悠の成長にどう対峙《たいじ》すればいいのか分からず苛立《いらだ》っていたのだ。

それを、恋人に教えられた。

「先生か。君には最高に向いた仕事だ。進路票には堂々とそう書くといいよ」

浅羽はたくさんの思いを込めてそう告げた。

今は小さな悠のこの手。

この手はいつか、たくさんの子供たちを導き、庇《かば》い、抱き締めるだろう。何の見返りも求めず、ただその温《ぬく》もりを与えるだろう。この子が愛《いと》しくて堪《たま》らない。そして誇らしいと思う。この子がどんな大人に成長するのか、時に手を貸してやりながら見守ることが出来る自分が幸運だと心から思う。

いつか素晴らしい大人になるであろうこぎつねは、今は半裸の危うい姿で、不思議そうに浅羽を見上げている。その前髪を指先でかき上げ、浅羽は触れるだけのキスをした。

「乱暴をしたお詫《わ》びに、何か美味しい飲み物を淹れてこようか。未来の先生？」

悠は呆気なく真っ赤になる。

「止めて下さい。まだ高校だって卒業してないのに」

気恥ずかしそうに赤くなる恋人は、今は浅羽が淹れた熱いココアが飲みたいと、耳元で囁《ささや》く。

夢見薬のように甘いココアを二人はベッドに並んで飲んで、幸福いっぱいに微笑みあった。

あとがき

初めまして、またはこんにちは、雪代鞠絵です。

今回「Fly me to the Moon」では少し多めにあとがきページをいただきました。せっかくいただいたページですので、本編の作中に起こった面白エピソードやトラブルなどを書きたいところなのですが、実はあまり覚えていません……。これはこの「Fly me〜」だけではなくて、書き上がったすべてのお話について書いている間のエピソードとかは何故か思い出せないんです。

原稿が上がるのがよっぽど嬉しくて記憶喪失にでもなるんですかねえ……。あ、コンビニお菓子の最新事情が分からず、コンビニに毎日通いました。コンビニプリンも数種類食べました。私は上にホイップが乗っかってるのがお気に入りです。カラメルソースとのコンビネーションが素晴らしいですね〜！

あとコンビニのプリンが日々進化していくのがすごかったです。なんかプリンの上にカットした果物ぎっしりとか、ベビーシューが乗っかっていたり、ほんのりココア味のクリームと交互になっていたり……どこまでいくのでしょうかコンビニプリン。

作中、コンビニのお菓子はあまり食べなくなってしまう悠ですが、今度は手作りお菓子に目覚めるのではないか？　と私は思ってます。なんかプリンとかシュークリームとか上手に作りそうです。朝からホットケーキを焼いて浅羽（基本的に甘いものは苦手……）を閉口させそうですが、浅羽は愛の力で平らげるのだと思います。

私の話で恐縮ですが、私はお菓子は一切作りません。この話を書いておいてなんですが、お菓子作るの嫌いなんですよ〜〜。食べるのは好きなんですが、作るのがどうしても嫌なんです。だって一日三食作るためにキッチンに立たねばならない（嘘。お仕事立て込んで来ると最早お茶の一杯も淹れられず。原稿アップとともにどかんと食べます）だけでもうんざりなのにその上、何でお菓子とか余計なもの作らないといけないんでしょう。お菓子作りが大好きな全国の皆さんに喧嘩を売っているわけでは決して……。

さて、お話は変わりますが、この原稿の作業中に引っ越しをしました。

まず東京から大阪に引っ越しました（引っ越し　その1）、そしてインターネットのHPも引っ越しました（引っ越し　その2）。

今回、ルチル様に文庫化していただくにあたり、引っ越しの当時には本編、SSはすでに出来上がっていたのですが、新居を決めるため東京―大阪間を行き来したり、引っ越し屋さんと折衝したりで、著者校なんかの最終作業は積み上げられていく段ボールの隙間でやったりしたのでした。色々事情があって、期間限定（一年）で東京で一人暮らしをする、ということだったんですが、声を大にして言いたいのはそんな短期間でも一人暮らしは大変だった。

仕事が立て込もうが、インフルエンザで廊下で倒れていようが、真夜中の小人さんは出て来てくれなかったです……全国の一人暮らしをされている皆さんに乾杯！　本気で尊敬します。で、もう一つのお引っ越し、HPサイトの移転ですが現在（２００９年2月）準備中ですがブログは生きてますのでよろしければ遊びに来て下さい。
アドレスは表紙カバーのコメントにも書きましたが、
［X.u.e シュエ］ http://yukimari.sakura.ne.jp/ です。タイトルばっかり立派です。

さてそろそろ文末も近くなって来ました。

このあとがきの後に、ミニミニSSを掲載していただきました。以前のHPにアップしていたもので、今回使っていただくことが出来てとても嬉しいです。

また、この作品はもともと別の出版社からノベルズの形式で出版していただいたものです。それを今回ルチル編集部の方に文庫化のお話をいただいてこの形になりました。色んな方にお世話になって、本当に素敵な仕上がりにしていただいて、今から発売が待ち遠しくてなりません。

イラストはテクノサマタ先生につけていただきました。もう童話そのもののようなタッチや色遣い、色校を拝見したときにはあまりの素敵さにすっかり見惚れてしまいました。口絵の浅羽、セクシー過ぎです〜！

そしてノベルズの頃から応援を下さった皆様に最大の感謝を。一人暮らしで凹んでいる最中、何より励まされたのは皆様が下さるお手紙やメールでした。地元に帰ってこれからがつがつ仕事して参りますのでこれからもどうぞよろしくお願い致します。

雪代鞠絵

HUMORESKA

　ここ二日ばかり、浅羽《あさば》の恋人が口をきこうとしない。

　恋人――悠《はるか》とはマンションで一緒に暮らしている。いつもは他愛のない会話をする食事の間、今日の悠は押し黙って俯《うつむ》いている。食の進みも遅い。

　……何か怒らせるようなことをしただろうか。浅羽は真剣に考えた。素直な性質の悠が怒るような理由。心当たりといえば、二日前の夜だ。ベッドの上で、悠に少し淫《みだ》らなポーズを取らせた。悠が恥ずかしがって泣いているのが浅羽にはいっそう愛《いと》しくなって、少し無理をさせた。もしかしたら、あのことにまだ腹を立てているのだろうか。

「悠」

　その日、浅羽は仕事から早めに帰宅し、キッチンで夕食の支度をしていた悠にお土産を手渡した。赤いリボンがかけられた、有名なケーキ店の包みだ。

「君が好きそうなロールケーキだ。神崎《かんざき》君に店を教えてもらって、仕事の途中に買って来た」

いい歳《とし》の大人の男が、ケーキで恋人のご機嫌取りとはなかなか情けないものがあったが、悠は甘いお菓子が大好きだ。

「…………」

悠は大きな目を見開いてお菓子の包みに見惚《みと》れていたが、浅羽の視線に我に返ると、ふるふる、とかぶりを振ってしまう。いらない、ということらしい。

「どうした？　ここのロールケーキは美味《うま》いんだって評判らしいよ」

悠はもう一度かぶりを振って、俯いたまま冷蔵庫の傍《そば》まで逃げてしまう。どうやら生クリームとフルーツがたっぷり入ったケーキでも、恋人の機嫌は取れないらしい。

浅羽は内心、焦った。これはかなり大事《おおごと》だ。

「待ちなさい。君はここ最近いったい何を怒ってるんだ」

「…………」

「俺が何かしたならきちんと謝る。だけど、何を怒ってるのかはっきり言わないと謝りようがない」

両手で悠の両頬《ほほ》を包み込み、顔を上向かせる。ところが途端に、激しい拒絶にあった。

「や――――っ!!」

悠は体を捩《よじ》らせ、その場にしゃがみ込んでしまう。浅羽は驚いた。

正直、かなりショックでもあった。

まさか体に触れるのも嫌がられるほど嫌われているなんて。

「……悠」

しゃがみ込んでいる悠の横顔を覗《のぞ》き込んで、しかし浅羽は異変を感じる。悠の頬はいつでもすべすべと円《まろ》やかだ。ところが今日は、その右頬がややぷっくりしている気がする。浅羽はまさかという思いに指先で悠の右頬を何度かつついた。

「い、痛いっ」

悠が頬を押さえ、悲鳴を漏らす。涙を溜《た》めた目で、浅羽を見上げた。

「浅羽さん、やだ、痛い、痛いです」

「まさか君………」

抱き上げ、もう一度頬に触れると、腕の中でびくびくと細い体が打ち震える。

「やっ、うっ、ううう っ」

「怒ってたんじゃなくて………虫歯を隠してたのか」

思いも寄らない顛末《てんまつ》に、浅羽は脱力と共に安堵《あんど》した。悠が真っ赤になってぽろぽろ涙を零《こぼ》している。浅羽は虫歯になったこぎつねを小脇に抱えて近くの歯医者に飛び込んだのだった。

悠は最近チョコレートの新製品にすっかりはまっていて、学校の休み時間や家にいる間に飽きずにそれを齧《かじ》っていたらしい。以前のようにお菓子で寂しい心を癒していたのではなく、単にそのチョコが気に入ったから……という点は浅羽を安心させはしたが。

「お菓子ばっかり食べて虫歯になるなんて……」

歯医者から帰宅して、ソファで膝《ひざ》を抱える悠は真っ赤になっている。毎食後、きちんと歯を磨いてはいたが、度々チョコレート菓子ばっかり食べていたらそれは歯も痛めるだろう。

「調子が悪いと思ったら、俺にきちんと言えばよかったのに。虫歯は放置していても治らないんだよ」

「だって恥ずかしいです。浅羽さんに子供みたいって思われたらイヤだ」

浅羽は内心で苦笑する。子供と思ってることには違いないのだが。浅羽は悠の隣に座ると、その小さな唇に自分のそれを寄せた。

「まだ少し、薬の匂《にお》いがするな」

「…………あ」

「痛いか？　でも風邪と同じ、虫歯もうつしたら治るかもしれない」

「だったら、ダメ……っ！」

拒絶の声は聞かず、二日ぶりに安堵して恋人を胸に抱く。

満ち足りた思いが胸に広がる。まったくいい歳をして、こんなにも深い恋に落ちるとは思わなかった。

浅羽はゆっくりと悠をソファに押し倒す。悠は困惑した様子だ。

「ここで……？」

「ベッドに行く余裕がない。ここ数日、君が何に怒ってるのか気が気じゃなかったんだ」

「ん……」

悠が目を閉じた。可愛《かわい》い恋人が、チョコレートよりもとろとろに浅羽のキスに蕩《とろ》ける。

✦初出　Fly me to the Moon……小説b-Boy'05年1月号
Ombra mai fu……………ビーボーイノベルズ
「Fly me to the Moon」(2005年7月)
いつくしみ深き……………書き下ろし

雪代鞠絵先生、テクノサマタ先生へのお便り、本作品に関するご意見、ご感想などは
〒151-0051 東京都渋谷区千駄ヶ谷4-9-7
幻冬舎コミックス　ルチル文庫「Fly me to the Moon」係まで。

幻冬舎ルチル文庫

Fly me to the Moon

2009年3月20日　第1刷発行

✦著者　雪代鞠絵　ゆきしろ まりえ

✦発行人　伊藤嘉彦

✦発行元　株式会社 幻冬舎コミックス
〒151-0051 東京都渋谷区千駄ヶ谷4-9-7
電話 03(5411)6432[編集]

✦発売元　株式会社 幻冬舎
〒151-0051 東京都渋谷区千駄ヶ谷4-9-7
電話 03(5411)6222[営業]
振替 00120-8-767643

✦印刷・製本所　中央精版印刷株式会社

✦検印廃止

ISBN978-4-344-81607-7　C0193　Printed in Japan

『蜜月～Honey Moon～』
雪代鞠絵
イラスト
街子マドカ
560円(本体価格533円)
すぐに忘れるから……との切ない誓いのもとに、姉の婚約者・久我貴博に一度だけ抱かれた由生。あれから3年──姉の失踪をきっかけに由生は貴博の住む英国へ赴くことに。昔と変わらず優しい貴博に由生は恋心を募らせるが、それを必死で隠そうとする。しかし、雪に閉ざされた冬の古城で、由生は貴博に組み伏せられ愛される夢を見てしまい──!?